Maggie Cox

Pasados turbulentos

HARLEQUIN™

Editado por HARLEQUIN IBÉRICA, S.A.
Núñez de Balboa, 56
28001 Madrid

I.S.B.N.: 978-84-687-4177-2
Depósito legal: M-5411-2014
Editor responsable: Luis Pugni
Fotomecánica: M.T. Color & Diseño, S.L. Las Rozas (Madrid)
Impresión en Black print CPI (Barcelona)
Fecha impresion para Argentina: 17.11.14
Distribuidor exclusivo para España: LOGISTA
Distribuidor para México: CODIPLYRSA
Distribuidores para Argentina: interior, BERTRAN, S.A.C. Vélez
Sársfield, 1950. Cap. Fed./ Buenos Aires y Gran Buenos Aires,
VACCARO SÁNCHEZ y Cía, S.A.

Capítulo 1

LLENO de despecho, Henry Treverne, Hal para los amigos, se desplazó en la silla de ruedas por el pasillo hasta el panel de la pared, junto a la puerta, y llamó al portero tocando un timbre.

—Si hoy viene alguien más para la entrevista, dígale que estoy enfermo de malaria. Ya estoy harto de hablar con mujeres aduladoras que están convencidas de poder solucionar mis problemas por arte de magia, como si fueran el hada madrina de Cenicienta, y también estoy cansado de las que me miran como si fuera un regalo de Navidad.

—Pero, señor Treverne, todavía queda una aquí... ¿De verdad cree que tiene malaria? En ese caso, ¿no sería mejor que se fuera al hospital?

El portero del edificio en el que vivía Hal, un práctico londinense que se llamaba Charlie, parecía preocupado. Hal suspiró, se pasó la mano por la negra melena, que pedía a gritos un buen corte, y masculló una maldición.

—Claro que no tengo malaria. ¡Acabo de volver de Aspen, Colorado, no de la Amazonia! ¿Y qué es eso de que todavía queda una?

Desdobló con impaciencia el papel que tenía en el

regazo y volvió a maldecir cuando vio que todavía quedaba una persona enviada por la agencia para la entrevista. Se llamaba Kit Blessington. Que el cielo lo protegiera de otra mujer falsa y desesperada por ser su cuidadora para, probablemente, ganarse un buen dinero vendiendo la historia de su experiencia a la prensa cuando él pudiera volver a andar.

—La señorita ha llegado temprano y espera para verlo, señor Treverne.

—Pues dígale que estoy muy cansado. Que vuelva mañana.

—Preferiría verlo ahora, señor Treverne, si no le importa. Al fin y al cabo, es en lo que usted había quedado. Además, no me viene bien venir mañana.

Hal se quedó desconcertado ante el tono asertivo de la voz femenina.

—¿Cómo que no le viene bien? ¿Busca empleo o no? —su mal humor aumentó. Era evidente que esa mujer no se había tomado en serio su afirmación de que estaba cansado.

—No estaría en las listas de la agencia si no lo buscara, señor Treverne.

—¿Por qué no puede volver mañana? —preguntó Hal. Sentía un profundo desagrado ante aquella mujer a la que aún no había visto.

—Tengo otra entrevista en Edimburgo. No puedo verlo mañana si debo ir a Escocia. Por eso querría mantener la cita de hoy.

La sincera confesión dejó a Hal momentáneamente perplejo. No le gustaba que ella hubiera concertado otra entrevista sin siquiera haberlo visto. ¿A qué jugaba? En la agencia tenían que haberle dicho quién era él y que, dadas las circunstancias, era una prioridad.

—¿Para qué demonios quiere ir a Escocia? —le espetó sin importarle parecer grosero y poco razonable.

—Voy adonde me obliga el trabajo. La agencia no solo trabaja en el Reino Unido, sino en toda Europa. ¿Va a verme hoy o no?

Hal estaba especialmente agresivo porque la pierna escayolada le dolía y le picaba de forma insoportable.

—Le concedo diez minutos, señorita Blessington, tiempo más que suficiente para que decida si es adecuada para el puesto. Suba.

—Gracias. Pero tenga en cuenta que yo también decido rápidamente si quiero trabajar para alguien o no. Así que estoy segura de que ninguno de los dos tardaremos en tomar una decisión.

A Hal le pareció que era ella la que controlaba la situación. Aquello no era un buen presagio para la entrevista.

¡Maldito accidente! Era increíble que hubiera cedido al estúpido impulso de echar una carrera esquiando con Simon, su exsocio. De no haber sido por su orgullo, no se hallaría en la insoportable situación en que se encontraba: recuperándose de una larga operación del fémur e incapaz de hacer las cosas más sencillas.

Se imaginó a Simon, que siempre había sido su rival, describiendo el accidente a sus mutuos colegas y amigos y diciendo que hasta los más poderosos caen.

Una cosa era segura, iba a tardar en olvidar la vergüenza del doloroso incidente.

Tecleó el número para abrir la puerta y retrocedió unos metros en la silla de ruedas para esperar a la irritante señorita Blessington. Estaba seguro de que no le iba a gustar.

Cuando ella entró, Hal no se sorprendió al ver la gloriosa melena pelirroja que le caía por los delgados hombros, ya que se decía que las pelirrojas eran peleonas y dogmáticas. Aquella pelirroja en concreto tenía todo el aspecto de una directora de colegio femenino. Ya sabía que era una mujer autoritaria que sabía lo que quería y no temía decirlo. El sencillo vestido de color verde y la chaqueta de corte militar que llevaba indicaban que elegía la ropa para estar cómoda, no para ir a la moda.

Cuando Hal alzó la cabeza, se sorprendió al ver los ojos azules más bonitos que había contemplado en su vida. Antes de que ella hablara, él ya había decidido que era un fascinante acertijo que en circunstancias más propicias habría intentado solucionar. Pero, cuando ella habló, todo impulso de interesarse más por ella se evaporó.

–Ya veo por qué está de tan mal humor –ella frunció el ceño, dejó el bolso en el suelo y se dirigió hacia él como si fuera una enfermera a punto de ponerle el termómetro–. Me parece que no se encuentra bien. Tiene gotas de sudor en la frente y es evidente que tiene dolores. En la agencia me dijeron que se había roto el fémur. ¿Quiere un calmante? Si me dice dónde están, le traeré uno.

–Me he tomado un par hace unos minutos.

Durante unos segundos, el aroma floral que emanaba de la entrevistada lo transportó a un hermoso jardín primaveral en el que acababa de caer una fina lluvia, lo cual le impidió pensar con claridad. No le ayudó mucho que ella estuviera tan cerca que pudiera tocarle uno de los rizos de su melena. Ese inadecuado impulso hizo que el corazón le latiera con fuerza.

Desconcertado por su forma de reaccionar, Hal carraspeó.

–Las pastillas tardan un rato en hacer efecto, así que no me traiga más. Si le parece, podemos hacer la entrevista.

–Desde luego –dijo ella.

Su piel de porcelana se sonrojó levemente, pero se sobrepuso de inmediato y lo miró a los ojos.

–En vez de estar sentado en la silla, ¿no preferiría hacer la entrevista tumbado en el sofá, apoyado en cojines? Seguro que estaría mucho más cómodo. Puedo ayudarlo, si lo desea.

–Que quede claro, señorita Blessington, que no busco una enfermera. Tengo acceso a un equipo médico completo las veinticuatro horas del día, en caso de necesidad. Busco a una persona que me haga compañía y me ayude temporalmente en la vida diaria mientras me recupero. Necesito a alguien que no solo me lleve en coche, se haga cargo de la compra, me haga una taza de té o de café o me prepare una comida rápida, sino que también tenga una conversación inteligente y le interese la música y el cine, que son dos de mis pasatiempos preferidos. Quiero una persona que esté disponible día y noche por si no puedo dormir y necesito compañía.

Ella suspiró levemente, pero Hal no creyó que

fuera porque los requisitos que había enumerado la asustaran.

–Eso es, más o menos, lo que me habían dicho en la agencia, señor Treverne, y quiero que sepa que no tengo problema alguno.

–¿Ha trabajado con otros clientes que le exigieran lo mismo?

–Sí. Hace poco trabajé para una actriz que se estaba recuperando de una fuerte gripe que la había dejado muy débil. Tuve que hacer muchas de las cosas que ha mencionado hasta que ella se volvió a valer por sí misma.

La experiencia no había sido muy buena para Kit, ya que la mujer en cuestión era caprichosa y desagradable. Durante las seis semanas que había trabajado para ella, la actriz había aprovechado la menor oportunidad para decirle lo mucho que la admiraban y envidiaban sus compañeros del mundo teatral por su belleza y sus dotes interpretativas. Y hablaba en un tono que indicaba que Kit debiera sentirse privilegiada porque la hubiera contratado.

Pero ella no le guardaba rencor, ya que la mujer no se daba cuenta de lo desagradable que resultaban su vanidad y sus aires de superioridad. Durante el tiempo que había estado trabajando para ella, nadie la había ido a visitar para interesarse por su estado. Al final, Kit sintió lástima por ella.

–Como necesito que esté disponible las veinticuatro horas del día, ¿es consciente de que tendrá que vivir aquí?

La voz de Hal hizo que ella volviera a la realidad.

–Lo tengo que hacer la mayoría de las veces. No

se preocupe, ya me habían explicado todos sus requisitos. ¿Hay algo más que quiera preguntarme?

–Sí, ¿qué edad tiene?

–Veintiséis.

–¿Y no hay nadie en su vida que pudiera manifestar reservas ante el hecho de que vaya a vivir aquí? Sobre todo teniendo en cuenta que va a trabajar para un hombre –apuntó Hal en tono ligeramente burlón.

Ella no dio muestras de que la pregunta la hubiera perturbado lo más mínimo. Mantuvo una perfecta compostura.

–Soy libre, no hay nadie en mi vida que pueda manifestar reservas. De todos modos, no toleraría tener una relación con alguien que me dijera lo que puedo o no puedo hacer, o que le importara que viviera con la persona para la que trabajo.

La sincera confesión despertó aún más la curiosidad de Hal. ¿Cuál sería su historia? Su hermana, Sam, supondría sin duda que la actitud franca y directa de aquella mujer era producto de haber sido acosada en la infancia o en el pasado reciente. Debido a ello, habría tomado la decisión de no volver a dejarse intimidar. Sam, en su práctica como psicóloga, había visto a muchos pacientes con historias similares.

La idea no lo molestó en absoluto. Prefería emplear a alguien capaz y resuelto que a alguien tímido que no rechistara. Se sorprendió al darse cuenta de que, en cuestión de minutos, aquella mujer lo había fascinado. Pero se recordó que no era buena idea interesarse por una posible empleada, aunque fuera temporal.

De todos modos, su fascinación no tenía nada que

ver con que se sintiera atraído por ella. Era indudable que era guapa, pero no tanto como para resistirse ante su belleza en el caso de que la contratara.

¿Debía ponerla unos días a prueba para ver si era apta para el puesto? Ninguna de las otras entrevistadas le había parecido ni remotamente idónea para el empleo. Necesitaba a alguien capaz y de confianza que lo ayudara a salir de lo que se estaba convirtiendo para él en una cárcel. Para un hombre tan activo, que vivía «a toda velocidad», según su hermana, la experiencia le estaba resultando una tortura.

—Venga conmigo al salón y seguiremos hablando —dijo él en el tono autoritario que le era habitual.

—¿Quiere que sigamos con la entrevista?

—No la voy a invitar a que entre en el salón para que me diga lo que opina de la decoración, señorita Blessington.

A pesar del sarcasmo, Hal se dio cuenta de que era la primera vez que había visto un destello de duda en sus ojos, como si hubiera temido que su actitud la hubiera privado del empleo. Mientras giraba la silla para dirigirse al salón, almacenó la información por si acaso le servía para el futuro.

Kit, mientras lo seguía, aprovechó el tiempo para examinar al hombre al que en el mundo de la música se le conocía como «el afortunado Henry». Según los entendidos, poseía el envidiable don de descubrir talentos lucrativos en potencia, a los que apoyaba económicamente, lo cual aumentaba el talento de los artistas y lo hacía cada vez más rico. Los artistas que patrocinaba ganaban discos de platino y se hacían muy famosos en la industria del pop.

Aunque Kit no tenía el menor deseo de saber cómo vivían esos famosos en su mundo materialista y superficial, un mundo que, en su opinión, solo causaba decepción e infelicidad cuando la buena estrella de una artista declinaba, sí le intrigaba saber lo que les sucedía a las estrellas en ciernes que no lograban triunfar.

Y, sobre todo, le interesaba lo que había motivado a Henry Treverne a convertirse en empresario en aquella profesión de buitres. Sabía que «el afortunado Henry» procedía de la aristocracia terrateniente y que se había criado rodeado de todas las comodidades. ¿Eran el dinero y el éxito lo único que lo había impulsado, debido a que había nacido en una cuna de oro? ¿No tenía una personalidad más compleja de lo que sugería su figura pública?

Henry no solo había disfrutado de todas las comodidades posibles, sino que tenía un físico extraordinario y una belleza deslumbrante.

Kit pensó, mientras le miraba los anchos hombros y el pelo espeso y oscuro que se le rizaba sobre el cuello del jersey, que, si le ofrecía el puesto y ella lo aceptaba, tal vez fuera demasiado para ella. Aunque hubiera hecho lo posible por darle la impresión de que le daba igual que le diera o no el empleo porque tenía otra entrevista en Edimburgo, lo cierto era que sí le importaba, ya que la agencia pagaba muy bien ese trabajo, además de ser importante para su currículum. El dinero le vendría bien para aumentar sus ahorros y, por fin, comprar la casa que tanto deseaba.

–¿De qué es diminutivo Kit? –preguntó él al llegar al salón.

Ella no contestó inmediatamente, sino que miró a su alrededor. Lo primero que le llamó la atención fue un óleo que representaba a un hombre escalando un glaciar. Por la inclinación de la cabeza, el color del pelo y la anchura de los hombros, dedujo que se trataba de Henry.

—Es usted, ¿verdad?

Él apretó los labios, señal de que la pregunta lo había molestado.

—Sí.

En vez de añadir algo más, como la mayoría de los hombres, a los que les encantaba alardear de sus hazañas, guardó un obstinado silencio, por lo que ella siguió observando el salón.

El mobiliario era monocromo y muy moderno, y estaba dispuesto casi como las esculturas de una exposición. Aunque le habría costado un ojo de la cara, Kit pensó que no resultaba muy acogedor.

—Kit es el diminutivo de Katherine, escrito con K.

Era la respuesta que solía ofrecer cuando se le preguntaba por su nombre. La característica ortográfica había sido decisión de su madre, probablemente, la única que había tomado fácilmente. A la hora de tomar decisiones sobre sí misma y sobre su hija, Elisabeth Blessington reaccionaba como si estuviera enajenada: lo hacía al azar, impulsada por la emoción en vez de por la razón y el sentido común.

Por eso, Kit había tenido que tomar el control de sus vidas desde muy joven. Mientras sus amigas jugaban a las muñecas, ella estaba sentada en la cocina con su madre tratando de ayudarla a resolver el último dramático dilema o consolándola porque el último hombre del que se había encaprichado la había dejado.

Elisabeth Blessington era un desastre a la hora de elegir pareja. El patrón autodestructivo había comenzado con el padre de Kit. Ralph Cottonwood era un gitano que había abandonado a Elisabeth al quedarse embarazada porque, según ella, no podía atarse a una vida de pareja convencional.

Aunque Kit había echado de menos la presencia de una figura masculina en su vida, decidió que, probablemente, su padre les había hecho un favor a su madre y a ella. Ya tenía bastante con un progenitor con la cabeza en las nubes.

—¿Quiere sentarse?

Hal situó la silla en medio de la sala y señaló uno de los sillones.

Ella se sentó, se puso las manos en el regazo y esperó pacientemente a que él siguiera hablando. De pronto, se percató de que sus ojos, que había creído que eran verdes, eran castaños, con largas y espesas pestañas.

Había que ser de piedra para no admirar aquel semblante.

—Dígame, Katherine, ¿qué la impulsó a dedicarse a esto?

—Me gusta ayudar a los demás.

—¿Y qué titulación tiene?

Ella no se inmutó, a pesar de que lamentaba no haber tenido la oportunidad de estudiar una carrera. Pero, con una madre que siempre tenía problemas económicos debido a su total desconocimiento de cómo manejar el dinero, no tuvo más remedio que empezar a trabajar a los dieciséis años para contribuir a pagar el alquiler.

–He hecho varios cursos de primeros auxilios y tengo un título de cuidadora. Completo mi falta de formación con mi amplia experiencia en cuidar a otras personas. Si habla con Barbara, la directora de la agencia, le dará más detalles. Llevo trabajando allí cinco años, y mi historial es ejemplar. Los criterios de la agencia son muy elevados, y no seguiría allí si no estuviera a su altura.

El pulso se le había acelerado un poco al acabar de hablar porque Henry la miraba con expresión divertida. ¿Estaría pensando que estaba loca al creer que iba a emplear a alguien sin la formación adecuada? Kit esperaba que al menos le diera la oportunidad de demostrar su competencia.

–Tiene suerte de que me guste correr riesgos. Algunos lo considerarían una temeridad, pero no me importa lo que piensen los demás. Muy bien, señorita Blessington, ¿cuándo puede empezar?

¿Le iba a dar una oportunidad? Llena de júbilo, pero sin demostrarlo, mantuvo la compostura.

–¿Eso significa que me ofrece el puesto?

–¿No ha venido para eso... porque quiere trabajar para mí?

–Sí, pero...

–En primer lugar, no me llames señor Treverne. Es demasiado formal. Seguro que te das cuenta de que no es una invitación que haga a mucha gente, pero te la hago para facilitar la comunicación, Kit. Y sí, te ofrezco el trabajo, y querría que empezaras mañana. Mi hermana dice que la agencia para la que trabajas tiene fama de emplear a personas competentes y dignas de confianza, que son discretas y respetan la confidencialidad. Eso es especialmente importante para hombres de negocios sometidos al escrutinio público, como es mi caso. Por eso hay una cláusula de confidencialidad en el contrato que tendrás que firmar. ¿Te parece bien?

–Por supuesto.

Hal asintió con la cabeza al tiempo que lanzaba un suspiro de alivio.

–Entonces, puedes venir mañana, después de desayunar. Dependiendo de la noche que haya pasado, suelo tomarme un café y una tostada sobre las ocho. Y una cosa más... Tengo una cita en el hospital a las diez. Tendrás que llevarme en coche –hizo una pausa–. ¿Aceptas el empleo?

–Sí, claro que sí.

Kit se levantó y caminó hacia él sonriendo con más precaución de lo habitual. Henry Treverne era un hombre tremendamente atractivo, lo cual la preocupaba. Nunca le había sucedido, pero temía enamorarse de un hombre para el que trabajara porque sería el fin de todos sus sueños y planes. Aunque no sabía aún cómo se comportaría él como jefe, creía, a juzgar por sus bruscos modales, que tendría que esforzarse para demostrarle que había elegido a la persona idónea para el trabajo.

–Gracias, muchas gracias. Prometo no defraudarte.

–Sinceramente, eso espero. Me horroriza la idea de tener que seguir entrevistando a candidatas después del desfile de mujeres deseosas de conseguir el puesto que he visto hoy – afirmó él–. Salvo tú, desde luego –añadió con una sonrisa irónica–. Si de verdad deseas este empleo, lo disimulas muy bien. ¿Quieres que te enseñe tu habitación?

–Sí.

–Entonces, ven conmigo. Después del accidente, doy gracias por haber elegido un piso sin escaleras. Tu habitación está al lado de la mía, es lo más cómodo. No voy a darte llave porque la puerta giratoria del portal siempre está abierta, y Charlie suele estar en la portería. Además, que tú estés fuera implica que yo estoy dentro, por lo que lo único que debes hacer es pedirle a Charlie que me llame para decirme que has vuelto. ¿De acuerdo?

–¿Y si te quedas dormido y no oyes el timbre cuando te llame Charlie?

–A no ser que me haya golpeado en la cabeza un ladrón con ansias de venganza, no te preocupes por eso. No me duermo fácilmente, al menos de día. Pero, para que te quedes tranquila, Charlie tiene un juego de llaves para emergencias.

–Bueno es saberlo.

–Entonces, vamos a ver tu habitación.

Capítulo 2

MIENTRAS colocaba la silla de ruedas frente al espejo del cuarto de baño para lavarse los dientes, Hal pensó que había sido un día terrible. Aunque no solía acostarse antes de medianoche, cuando volvía del hospital se acostaba temprano con la esperanza de descansar. Pero, por muy temprano que se fuera a la cama, su sueño se veía interrumpido. En primer lugar, por episodios de horrible dolor en la pierna, que implicaban tener que levantarse para tomar un calmante, y, después, por las inevitables visitas al cuarto de baño, lo cual no era sencillo, ya que tenía que sentarse en la silla para llegar allí.

La única luz en el horizonte era que le habían dicho que a partir del día siguiente podría utilizar muletas.

Se acarició la mandíbula y se acercó más al espejo para examinarse las ojeras. Furioso, se preguntó si era normal sentirse tan cansado después de un accidente y no poder controlar las emociones.

El cirujano le había asegurado que así era, pero no le había servido de consuelo. Menos mal que Sam le había convencido de que contratara a alguien que le ayudara y lo acompañara para aliviar el aburrimiento de verse obligado a pasar muchas horas solo.

Si Sam no tuviera tanto trabajo en su consulta psi-cológica, hubiera acompañado a su hermano noche y día, de haber sido necesario. Pero tenía un empleo y un marido que tenía derecho a disfrutar del tiempo libre de su esposa.

En cuanto a los supuestos «amigos» de Hal, esta-ban muy ocupados y, de todos modos, ninguno era el tipo de persona dispuesta a ayudar a un inválido.

Hal se lavó los dientes y volvió a su habitación para enfrentarse a otra noche dolorosa y desagrada-ble, sin nada más que lo acompañara salvo sus pen-samientos cada vez más sombríos.

Cuando se levantó a pulso de la silla y se sentó en la cama, se puso a pensar en Kit Blessington. Espe-raba que su presencia al menos le resultara soporta-ble, que no fuera de esas mujeres que no dejaban de hablar sobre cosas anodinas, porque le pondría ner-vioso y haría que se arrepintiera de haberla contra-tado, a pesar de que demostrara ser tan competente como le había dicho.

Hal se estaba tomando un café con su hermana por la mañana temprano cuando Kit Blessington llegó a la hora convenida.

Sam había pasado a verlo de camino al trabajo, con la intención de conocer a la persona que había contratado para darle su aprobación.

Su hermana lo adoraba. A él no le gustaba que de vez en cuando lo tratara como si fuera su madre, pero no podía negar que era muy agradable saber que se preocupaba por él, sobre todo porque, después del accidente, su padre solo se había comunicado con él mediante un seco correo electrónico en el que, entre otras cosas, había escrito: «¿No te había dicho que el orgullo siempre precede a la caída?».

Sam, alta y delgada, con el pelo cortado estilo chico y vestida con un traje pantalón, tenía aquella mañana el aspecto elegante y moderno que le era habitual. Cuando Hal abrió la puerta a Kit, observó que se había recogido el hermoso pelo en un moño que parecía estar a punto de caérsele en cualquier momento. Vestía un ancho jersey verde bajo una cazadora masculina y unos pantalones de pana color caramelo. Llevaba una pesada maleta de color marrón.

Hal le dijo que la dejara en el suelo antes de que se dislocara el brazo.

–¿Qué traes ahí?

Ella se sonrojó.

–Me dijiste que tenía que vivir aquí, así que he traído estrictamente lo esencial.

–Pues es evidente que debe ser lo esencial si has venido con ese peso hasta aquí –afirmó él en tono seco.

Sam se acercó y Kit dejó la maleta en el suelo y le tendió la mano.

–Encantada de conocerla, señorita Blessington. Llega justo a tiempo. Henry empieza hoy a usar muletas, por lo que su presencia le será de gran ayuda. Soy Samantha Whyte, la hermana de Henry.

–Mucho gusto. Está bien saber que su hermano tiene un familiar que vive cerca. Tiene que resultarle tranquilizador, teniendo en cuenta su situación.

–No vivo muy cerca, pero me paso con frecuencia

a verlo. Le advierto que Hal no lleva bien lo de estar encerrado. Por cierto, sus familiares y amigos lo llamamos Hal.

–¿Os importaría dejar de hablar de mí como si no estuviera presente? –Hal giró la silla con violencia y se encaminó a la cocina.

–No le haga caso –dijo Sam a Kit–. Desde que se rompió la pierna está más irritable de lo habitual, pero...

–¡No se te ocurra decirle que detrás de mi desagradable fachada se oculta un gatito! –gritó él–. ¡No es verdad!

Entró en la cocina y se acercó a la mesa, donde estaba la taza de café que se estaba tomando. Sabía que se estaba comportando mal, pero no podía evitarlo. Esa noche tendría que resignarse a tomar las pastillas para dormir que le habían recetado, cualquier cosa con tal de poder dormir una hora seguida.

Estaba furioso.

Oyó la voz de Sam mientras Kit y ella se acercaban por el pasillo.

–Tendrá que hablar con el médico, cuando lleve hoy a Hal al hospital, para que le aconseje sobre la mejor manera de ayudarlo. Al romperse el fémur también se ha dañado la rodilla. Hay un procedimiento que debe seguir, pero no se preocupe, no es complicado.

–Supongo que se refiere a la técnica de descansar, aplicar hielo, comprimir y elevar –afirmó Kit–. He estado estudiando un libro sobre primeros auxilios desde que supe que se había roto el fémur. También he hablado con uno de los profesores que me dio el curso de primeros auxilios.

¿Que había estudiado un libro de primeros auxilios? Aunque estaba enfadado porque hablaran de él, a Hal le sorprendió que Kit se hubiera tomado tantas molestias antes de saber si el trabajo sería suyo.

—Estoy impresionada –la voz de Sam le indicó que estaba sonriendo.

—No es para tanto. Solo pretendo hacer un buen trabajo. Es lo que suelo hacer cuando la persona que me contrata se está recuperando de una enfermedad o de una lesión, señora Whyte.

—Llámame Sam, por favor. De todos modos, le he dicho al médico de Hal que hable contigo, así que está esperando tus preguntas –entraron en la cocina–. También puedes consultar a la enfermera que viene una vez a la semana a visitar a Hal. Ah, una cosa más. La asistenta. La señora Baker, viene a limpiar dos veces por semana, así que no tendrás que hacer muchas tareas domésticas. Tu prioridad será el bienestar de mi hermano. Si quiere que te pases todo el día con él viendo películas o escuchando música, no dudes en hacerlo.

—¿Has acabado? Me siento como un extra en una serie televisiva sobre hospitales –con el ceño fruncido, Hal dejó la taza en la mesa de un golpe, y el líquido le salpicó el brazo.

Kit agarró a toda velocidad un paño que estaba doblado sobre el grifo del fregadero y se lo secó.

—Gracias –murmuró él cuando hubo acabado.

—De nada.

Los ojos de ella sonrieron débilmente, y Hal pensó que, cuando ella sonriera como era debido, por ejemplo, cuando algo le gustara, se le iluminaría la cara y resultaría cautivadora.

–¿Quieres otra taza de café?

Hal se encogió de hombros.

–¿Por qué no? Creo que estaré aún más irritable si no ingiero mi dosis habitual de cafeína.

–¿Cómo lo tomas?

–Solo, con un terrón de azúcar. Prepárate uno para ti también.

–Gracias. Por cierto, ¿a qué hora tienes que estar en el hospital?

–A las diez.

–Eso nos da margen para hablar un poco. Por ejemplo, tendrás que decirme qué coche voy a conducir. ¿Es lo bastante grande para que quepa la silla de ruedas? Porque si no estás acostumbrado a usar muletas, vas a necesitarla.

Negándose a reconocer la posibilidad de no manejar las muletas como un experto desde el primer momento, Hal contestó en tono seco.

–Si necesito la silla, cosa que dudo, en el hospital me darán una. El coche en que me vas a llevar es muy espacioso y de fácil conducción, siempre que se sea buen conductor.

De nuevo, si creía que sus palabras desconcertarían a Kit, se llevó un chasco. Ella fue a por la cafetera y dijo mientras volvía la cabeza:

–Hice el examen de conducir el año pasado y lo aprobé con sobresaliente, por lo que puedes estar seguro de que conduzco bien, Henry. ¿Te importa que te llame así en vez de Hal? El nombre que te dan tus amigos me resulta excesivamente familiar.

Al ver un destello de burla en los ojos de su hermana, Hal se sintió avergonzado. Era evidente que Sam pensaba que había encontrado la horma de su zapato en la temible Kit Blessington. Pero ya se encargaría él de demostrarle que no era así.

—Me marcho —dijo Sam mientras le pellizcaba afectuosamente la mejilla—. Te dejo al tierno cuidado de la señorita Blessington —sonrió con humor.

—No quiero que sus cuidados sean tiernos, sino que posea un nivel adecuado de competencia.

—Una respuesta típica de Hal —afirmó Sam mientras le guiñaba el ojo a Kit—. Por cierto, Kit, si necesitas algo, lo que sea, mis números de teléfono están en el tablón que hay en el estudio de Hal. Está al lado del cartel de una modelo con poca ropa. Cuida de Hal.

—Así lo haré.

—Adiós, hermanita. No seas dura con tus pacientes.

—Es encantadora —afirmó Kit cuando Sam se hubo ido.

—Así es —dijo Hal sonriendo sin reparos—. No hay otra como ella.

Kit, momentáneamente deslumbrada por los brillantes ojos castaños y la boca curvada de Hal, se quitó la chaqueta y la dejó en el respaldo de una silla.

—¿Te ayudo con las muletas ahora? Tenemos tiempo de practicar antes de ir al hospital.

Aunque la sonrisa de Hal había conseguido dejarla sin aliento, se había fijado en lo fatigado que parecía. Y se recordó a sí misma que lo más importante era el trabajo que debía hacer para aligerar la carga de su jefe.

Ardía en deseos de comenzar.

¿No prefieres llevar el equipaje a tu habitación y deshacerlo?

Ella, conmovida por su inesperada amabilidad, negó con la cabeza.

–Lo haré después. Prefiero ayudarte primero.

Hal se sonrojó.

–Entonces, a por las muletas. Tendrás que dejar que me apoye en ti hasta que pueda mantener el equilibrio.

–No hay problema. Te aseguro que soy mucho más fuerte de lo que parezco.

–Estaba seguro de que dirías eso.

Por segunda vez, la irresistible sonrisa de Henry Treverne estuvo a punto de conseguir que las piernas se negaran a sostenerla.

Tendría que tener cuidado. Una vez, un hombre guapo la había seducido con su sonrisa y había tenido una breve relación con él. Al enterarse de que estaba casado se quedó destrozada, no solo porque la hubiera engañado, sino porque había conseguido que dudara de su capacidad de confiar en sí misma. No había disculpa posible después de haber visto lo que había sufrido su madre a manos de hombres mentirosos.

Una cosa le había quedado clara: no volvería a cometer el mismo error.

–Entonces, vamos a por las muletas.

Era indudable que su jefe poseía un espíritu indomable, pensó Kit cuando, con su ayuda, Henry se sentó en la sala de espera. Pero también había notado su frustración al no poder dominar las muletas con tanta facilidad y rapidez como hubiera querido. El sudor que le bañaba la frente demostraba el esfuerzo que había tenido que hacer para llegar hasta allí. Solo habían caminado una corta distancia desde el aparcamiento, pero para él había supuesto un gran esfuerzo, lo cual aumentó la determinación de ella de ayudarle a manejar las maletas con soltura.

Se inclinó hacia él para quitárselas y las apoyó en la pared.

—Ve a decir en recepción que estoy aquí.

La repentina orden estaba llena de ira y resentimiento, pero Kit no se lo tomó de forma personal. Durante el tiempo que llevaba trabajando en la agencia había tenido varios clientes difíciles, y había aprendido a manejarlos. Eran personas, no solo con problemas físicos y mentales, sino también con tristes situaciones habituales como el dolor por la pérdida de un ser querido o la soledad.

Aunque su madre había puesto a prueba su paciencia de forma continuada, Kit era compasiva por naturaleza, lo que la ayudaba a enfrentarse al mal humor o la impaciencia de los clientes y a no dejar que le minaran la moral.

—Muy bien. ¿Tienes la tarjeta sanitaria?

Hal tomó aire y lo expulsó con exasperación.

—¿Para qué? ¿Crees que no saben quién soy?

Kit le contesto con calma.

—Estoy segura de que hasta la Reina tiene tarjeta sanitaria, y todo el mundo sabe quién es.

—Basta de impertinencias. Ve y diles que estoy aquí.

Ella se dio cuenta de que la guapa y joven recepcionista miraba a Hal desde el otro lado de la sala como si fuera una aparición divina. Se dirigió hacia ella.

—He venido con Henry Treverne. Tiene cita a las diez con el doctor Shadik.

La joven apartó de mala gana la vista de Henry para contestarle.

—Le diré inmediatamente que el señor Treverne está aquí.

—Gracias.

Kit volvió a sentarse al lado de Henry y le sonrió.

—Ojalá que no tengamos que esperar mucho.

Él frunció el ceño.

—Por muy corta que sea la espera, para mí será larga.

—¿No quieres sentirte mejor?

Él se volvió para mirarla.

—Te habrás fijado en que pedir ayuda y aceptarla no es algo que me salga espontáneamente.

—Entonces, tal vez deberías empezar a practicarlo cuando te restablezcas.

—Sí... ¡y tal vez mi padre comience a entrenarse para subir el Everest!

—Entonces es que no es tan buen alpinista como tú.

—Lo único que hace es subirse por las paredes cuando se entera de otra de mis «insensatas escapadas», que tanto le desesperan. Por eso no vino a verme al hospital cuando tuve el maldito accidente. Es un hombre que prima la seguridad por encima de todo. Los únicos riesgos que ha corrido han sido para preservar Falteringham House para las generaciones venideras de la familia.

–¿Es la casa familiar?

–Sí.

–¿Y tu padre no fue a verte cuando te rompiste la pierna?

No era de extrañar que se comportara como un animal. Estaba claro que le había dolido mucho el comportamiento de su progenitor.

Unos segundos después, se les acercó un hombre alto, vestido elegantemente con un traje que indicaba que podía ser tanto un abogado como un cirujano.

–Me alegro de volver a verlo, señor Treverne. Vamos a mi consulta y le echaré un vistazo a esa pierna para ver cómo ha progresado.

Henry recibió sus palabras con una sonrisa desdeñosa.

–Lo único que progresa es el dolor, doctor.

–Entonces tendré que recetarle un medicamento más fuerte. Ya veremos.

Hal miró a Kit y señaló las muletas con la cabeza.

–Ayúdame con ellas y ven conmigo a la consulta para que sepas cómo estoy.

–Buena idea.

Kit se levantó, le colocó las muletas y lo ayudó a ponerse de pie. Al hacerlo, observó que tenía de nuevo sudor en la frente. El médico también lo vio y negó con la cabeza.

–Estoy seguro de que podremos aliviarle el dolor, Henry, no se preocupe. Hoy es el primer día que usa las muletas, ¿verdad?

Hal asintió con la cabeza.

–Vamos a hacerle otra radiografía y después irá a ver al fisioterapeuta para que compruebe que está utilizando las muletas correctamente. Pero se ve que se le da bien –el cirujano sonrió.

Kit notó que, por debajo de su adusta sonrisa, Henry estaba enumerando la lista de palabrotas que conocía e inventándose algunas más.

Capítulo 3

AL VOLVER del hospital, Hal solo quería descansar. Tras las radiografías y la sesión con el fisioterapeuta, además de la consulta con el médico sobre los resultados, estaba tan agotado que lo único que deseaba era dormir al menos un par de horas sin interrupción.

En el salón, dejó que Kit lo ayudara a tumbarse en el sofá, y se sorprendió al comprobar la rapidez con la que se estaba acostumbrando a que lo tocara.

La mayor sorpresa la tuvo al ver lo segura que era conduciendo. Había conducido el cuatro por cuatro tan bien como si lo hubiera hecho él mismo.

Pero, cuado Kit iba a echarle una manta para taparlo, volvió a su estado de ánimo habitual y le espetó:

–¡Por Dios, déjalo ya!

Después, la mandó a su habitación a deshacer el equipaje y le pidió que lo dejara solo un rato. Cuando ella hubo salido, cerró los ojos, pero siguió oliendo su perfume, lo cual lo molestó. Y la molestia aumentó al recordar que el moño que llevaba se le había soltado mientras estaban en la consulta del médico, y el pelo le había caído sobre los hombros. Después de eso, Hal tardó algo más de lo que esperaba en quedarse dormido.

Cuando se despertó, estaba oscuro y había tormenta. La lluvia golpeaba los cristales de las ventanas. La tormenta tenía que ser muy intensa para que hubiera oscurecido siendo tan temprano.

Hal se sentó en el sofá y se dio cuenta de que tenía que ir al cuarto de baño, por lo que buscó las muletas. Estaban apoyadas en un sillón, a unos metros del sofá. Masculló una maldición. ¿Cómo iba a alcanzarlas? La sensación de impotencia lo irritó aún más.

–¡Kit! –gritó–. ¿Dónde demonios estás?

La puerta se abrió casi de inmediato, y se encendieron las lámparas de la habitación. Lo primero que Hal observó fue que su ayudante se había vuelto a recoger la melena rojiza, lo cual, en su opinión, era un delito.

–Necesito las muletas. Tengo que ir al cuarto de baño con urgencia.

Sin decir palabra, ella las agarró y se situó frente a él.

–Sería más rápido que te apoyaras en mí y fueras saltando a la pata coja hasta allí.

Él la miró a los ojos y dijo con voz ronca:

–Soy alto y peso bastante. Solo tengo tu palabra de que eres más fuerte de lo que pareces, y prefiero no arriesgarme a que acabes con una pierna rota para hacerme compañía, así que haz el favor de ayudarme con las muletas.

A pesar de que, después de la sesión con el fisioterapeuta, Hal las manejaba algo mejor, se alegró de que Kit estuviera esperándolo al salir del cuarto de baño. Lo acompañó en silencio por el pasillo hasta el salón.

–¿Quieres que te prepare ya la cena? –le preguntó.

Él se dejó caer en el sofá y miró por la ventana como si la lluvia lo hubiera hipnotizado.

–Hace un tiempo horrible.

–Pues no está tan mal verse obligado a quedarse en casa en una noche como esta.

Ahí estaba de nuevo su encantadora sonrisa que transformaba su serio rostro. Hal pensó que debería sonreír más a menudo. No quiso seguir pensando en eso, y asintió, lo cual era una novedad para alguien que se vanagloriaba de no consentir que las condiciones meteorológicas, por malas que fuesen, le impidieran hacer lo que quisiera. Después, cayó en la cuenta de lo que Kit había dicho antes.

Frunció el ceño, sorprendido.

–¿No tendríamos que comer primero?

–Hace mucho que pasó la hora. Has estado durmiendo desde que volvimos del hospital, hace casi cuatro horas. Son las seis pasadas.

Hal se quedó perplejo.

–¿En serio?

Ella se encogió levemente de hombros.

–Totalmente.

–¿Me tomé una pastilla antes de dormirme? No lo recuerdo.

–No. Creo que has dormido tan bien por puro agotamiento. Debes de tener hambre. He visto que la nevera está llena, y me he tomado la libertad de hacer ternera a la boloñesa mientras dormías. Pregunté en la agencia si eras vegetariano. Voy a prepararte un poco de pasta y te la traigo.

–Me parece bien. Pero solo comeré si me llevas

en la silla al comedor y cenas conmigo. No soporto comer en una bandeja ni hacerlo solo. Bastante decrépito me encuentro ya sin tener que comportarme como un inválido.

La expresión de Kit se alteró.

—Parece que no quieres aceptar el estado en que te encuentras. ¿No me contrataste para eso, para ayudarte?

—Deja de una vez de recordarme que necesito ayuda. Se va a convertir en la cruz de mi existencia.

Kit pensó que lo que le molestaba no era que se lo recordara, sino el que, por primera vez en su vida, un hombre de negocios y deportista en plena forma, activo e independiente como él se viera obligado a depender de los demás, una situación que obviamente aborrecía. Ella lo entendía perfectamente porque, de haberse encontrado en su situación, habría reaccionado del mismo modo.

—Bueno, voy a cocer la pasta y después te llevaré al comedor.

Hal agarró el teléfono móvil que había dejado en la mesita que había al lado del sofá y se volvió hacia ella.

—No tengas prisa. Debo hacer un par de llamadas al despacho.

—Muy bien. Llámame si me necesitas.

Mientras Henry había estado durmiendo, Kit había aprovechado para deshacer el equipaje, meter la ropa en el armario y los artículos de tocador y aseo en el cuarto de baño. A pesar de que en los estantes había todo un despliegue de productos, no pensaba usarlos. Al fin y al cabo, no era una invitada, sino que estaba allí para trabajar.

Le encantaba su habitación. Daba al jardín de la comunidad. El césped estaba bordeado de árboles, arbustos y plantas, hasta el punto de que uno podía hacerse la ilusión de estar en pleno campo en vez de en el centro de Londres.

También se había fijado en el toque femenino de la decoración del cuarto, que se apreciaba en las cortinas de color lila y los cojines de colores que estaban colocados con mucho gusto en la cabecera de la cama. Era evidente que no se trataba de la habitación de un hombre. ¿Habría sido Sam, la hermana de Henry, la que lo había ayudado a decorarla?

Mientras echaba la pasta a la cacerola de agua hirviendo, Kit frunció el ceño. Nadie le había hablado de que Henry tuviera novia. Si la hubiera tenido, él mismo se lo habría dicho por si lo telefoneaba o le hacía una visita. En los artículos de periódico que había leído sobre el accidente, tampoco se mencionaba la existencia de una novia, lo que la había sorprendido considerando la fama de playboy que Henry tenía.

Se encogió de hombros y se relajó. Su trabajo ya era de por sí lo bastante complicado como para que familiares o amigos la estuvieran controlando. Trabajaba mejor cuando el cliente confiaba plenamente en ella.

En el comedor, que también daba al jardín de la comunidad, Hal tomó un poco de la pasta que Kit había preparado, y le sonrió desde el otro lado de la magnífica mesa de cristal.

–Está muy buena. Pero, desde el accidente, he perdido el apetito. No puedo seguir comiendo. Es la primera vez que me pasa. Cualquiera que me conozca te dirá que nunca dejo nada en el plato.

–Un trauma puede afectarte de muchas maneras, como estoy segura de que te habrá explicado tu hermana.

–Claro que me lo ha explicado. A veces me gustaría que no supiera tanto.

Ella sonrió.

–No te preocupes por no tener mucho apetito. Seguro que lo recuperarás dentro de unos días, cuando te sientas más cómodo desplazándote con las muletas y duermas mejor. El descanso es una de las cosas que más ayuda a restablecerse, pero en nuestro apresurado mundo no se valora.

–Parece que tienes ideas muy claras al respecto.

Kit dejó el tenedor en el plato y reflexionó durante unos segundos.

–Ir siempre con prisa supone mucha presión y estrés para el cuerpo y la mente. A veces tenemos que recordar que no somos máquinas, sino seres de carne y hueso. Un exceso de estrés puede llevarnos al límite y provocar accidentes.

–Entonces, supongo que no estarás de acuerdo con que alguien se esfuerce al máximo para ser el mejor en un deporte o en otro tipo de actividad.

–¿Hablas de ti mismo?

–Sí –afirmó él sonriendo–. Me entrego en cuerpo y alma a todo lo que hago, y, cuando digo todo, quiero decir todo.

Kit se puso tensa ante el énfasis de sus palabras, y sintió una oleada de calor. Su reacción la sorprendió e inquietó durante unos instantes. Recuperó la compostura y pensó que lo más probable era que Hal provocara a todas las mujeres. Agarró de nuevo el tenedor y enrolló un poco de pasta en él.

Hal llevaba todas las de perder si creía que iba a alterarla con insinuaciones sexuales para satisfacer su ego. Pronto aprendería que ella era inmune.

—Seguro que eso es digno de alabanza, pero también puede ser peligroso si el deseo de competir es lo que te impulsa en todo lo que haces. ¿No tuviste así el accidente?

La sonrisa burlona se borró del rostro de Hal.

—Supongo que lo leerías en la prensa —dijo él mientras agarraba la servilleta que tenía en su regazo y la lanzaba a la mesa, enfadado—. Los periodistas no son famosos por decir la verdad, como sabrás.

—Entonces, ¿era mentira que estabas echándole una carrera con los esquíes a un empresario rival en un peligroso descenso?

—¿Sabes una cosa? Si alguna vez se te ocurre cambiar de trabajo, deberías ser fiscal.

Kit lo miró a los ojos, que mostraban irritación, y se encogió de hombros.

—Te equivocas. No me gustaría condenar a nadie aunque me pagaran por hacerlo. Además, me gusta ganarme la vida como lo hago y trato de realizar mi trabajo del mejor modo posible.

Al oír el suspiro que Hal soltó, Kit pensó que sería mejor que dejara de hablar con tanta sinceridad si no quería que la despidiera. No era buena idea enfrentarse a un hombre que trataba de aceptar una lesión que restringía gravemente su actividad habitual.

–Perdona si te he ofendido con mis opiniones –añadió con rapidez–. No es mi intención alterarte. Supongo que soy demasiado apasionada a la hora de defender lo que creo que es justo.

–Todos tenemos derecho a tener opiniones, y ser apasionado no es delito.

Kit se tranquilizó.

–Creo que ser apasionado significa que las cosas te importan. Por eso me arriesgo en el trabajo y en el deporte. Además, el hombre lleva en la sangre ser competitivo. Es la supervivencia del más fuerte, etcétera.

–¿Y no te cansas de tener que mantener siempre ese espíritu?

Hal hizo una mueca.

–Ahora mismo no es que tenga muchas opciones.

Kit se levantó de repente.

–Voy a hacer café y te pondré un trozo de bizcocho de frutas casero para acompañarlo. Ya sé que no tienes ganas de comer, pero podría ser el postre.

–¿Tenemos bizcocho de frutas casero? –preguntó él. Su expresión había dejado de ser sombría y sonreía como un niño.

Ella se cruzó de brazos y le devolvió la sonrisa.

–Me lo he traído de casa. Lo hice anoche. Cuando llamé a la agencia para confirmarles que me habías contratado, la directora me dijo que era uno de tus preferidos.

–Supongo que se lo diría Sam. Sabe que me gusta mucho el bizcocho, sobre todo el de frutas.

–Entonces, voy a por él.

–No te olvides del café.

–No te preocupes.

Mientras Hal se tomaba el café, Kit volvió a la cocina a meter los platos en el lavavajillas. Hal, contento, suspiró, estiró las piernas en el sofá e hizo una mueca al sentir el dolor habitual en la pantorrilla, pero no permitió que arruinara su buen humor. Lamentaba no haber hecho un esfuerzo por comer la pasta que Kit había preparado, pero había disfrutado mucho comiendo el bizcocho, que era probablemente uno de los mejores que había probado.

Agarró el mando a distancia que tenía a su lado y subió el volumen de la relajante música que escuchaba. Si conseguía reducir la impaciencia y la inquietud que se habían apoderado de él desde que el accidente lo había dejado inmovilizado, tal vez pudiera disfrutar del descanso forzoso al que se veía sometido. Llevaba años sin darse un respiro. Vivía cada día como si corriera por llegar el primero a la meta.

Para distraerse de esa desagradable realidad, centró sus pensamientos en Kit. Había algo en su presencia que lo tranquilizaba. Sentía curiosidad por saber cómo había llegado a ser tan capaz y pragmática. Tal vez en días sucesivos consiguiera conocerla un poco.

Las mujeres con las que había estado siempre se quejaban de que no les concedía tiempo ni atención suficientes porque estaba obsesionado con el trabajo y el deporte. Si conseguía averiguar algo sobre la vida de Kit hablando con ella y escuchándola, tal vez le sirviera para mejorar sus futuras relaciones con las mujeres. Merecía la pena que lo intentara. Teniendo en cuenta que sus distracciones habituales le estaban vedadas por la fractura, ¿por qué no aprovechar lo que tenía a su disposición?

Sintió en la rodilla una punzada de dolor y cuando iba a masajeársela entró Kit. Como si hubiera intuido que sentía molestias, se acercó a él con el ceño fruncido.

—Voy a traerte hielo para esa rodilla. Pero antes te voy a poner unos cojines debajo para que la mantengas elevada. Si lo hacemos todos los días, la hinchazón cederá.

—Tú mandas —bromeó él, compungido.

—Está muy bien que no te suponga un problema que el jefe sea una mujer.

—Es por mi situación. Mi tolerancia y aceptación no pasarán de aquí. Cuando vuelva a andar, te aconsejo que no trates de utilizar las ventajas que hayas obtenido ahora.

—Cuando vuelvas a andar, no necesitarás mis servicios, así que no habrá esa posibilidad. Estaré cuidando a otra persona, esperemos que algo menos egoísta. Voy a ponerte los cojines.

La idea de que Kit ya estuviera pensando en su futuro cliente lo molestó y le impidió responder. Y tampoco le gustó la sensación de vulnerabilidad que experimentó. No toleraba ninguna forma de debilidad.

Cuando ella salió a buscar los cojines, Hal suspiró, contrariado. Kit volvió, se inclinó hacia él y se ruborizó.

–Levanta la rodilla.

Él lo hizo para que ella le pusiera los cojines debajo.

–Te has sonrojado. ¿Te molesta acercarte tanto a tu cliente? Porque, si es así, no sé cómo te las vas a arreglar cuando me tengas que meter en la bañera –afirmó él con ojos risueños.

Ella lo miró de la misma forma.

–Si crees que voy a avergonzarme por ver a un hombre lesionado desnudo, siento desilusionarte. Ya he visto a muchos.

Por segunda vez en pocos minutos, Hal no supo qué contestar.

Y no le hizo ninguna gracia.

Capítulo 4

EL LUJOSO cuarto de baño contiguo al igualmente lujoso dormitorio de Hal tenía una enorme bañera con ducha. Era evidente que su dueño era varón, carismático y rico. Y también, pensó Kit, su nuevo jefe era el más difícil de aquellos para los que había trabajado.

Hal se dejó caer en una silla y le entregó las muletas. Eran casi las once de la noche. Kit sabía que aún estaría cansado, que seguiría teniendo dolores y que, por eso, continuaría de mal humor. Trató de no prestar mucha atención a la expresión de tristeza de su hermoso rostro, apoyó las muletas en la pared, se inclinó sobre la bañera y abrió los grifos.

Mientras el agua salía con fuerza, giró la cabeza y preguntó a Hal:

–¿A qué temperatura la quieres?

–¿Cómo?

La miraba como si hubiera entrado en trance. Ella se irguió y cruzó los brazos, ya que tenía la sensación de que la estaban examinando bajo un potente foco. Era difícil pensar con claridad cuando el corazón le latía a toda velocidad.

–Te he preguntado que a qué temperatura quieres el agua.

–Caliente.

Una palabra tan sencilla y habitual no debería parecerle provocativa. Y no ayudó a Kit haberle dicho a Hal que no se inmutaba al ver a un hombre desnudo porque ya había visto todo lo que tenía que ver.

No dudaba que él creía que se había referido a sus experiencias íntimas, y que tal vez pensara que había tenido varias. La verdad era que solo había tenido una relación íntima, y había sido un desastre. Al hacer aquel comentario se había marcado un farol para que él no quedara por encima de ella.

–Muy bien.

–Me tienes que ayudar a meterme en el agua y a ponerme el protector impermeable de la escayola.

–Desde luego.

–Entonces, voy a desnudarme.

Kit tragó saliva ante la idea de ver su cuerpo atlético desnudo.

–¿Necesitas que te ayude?

Los ojos de Hal brillaron casi dolorosamente.

–Para desnudarme, no. Pero quédate hasta que esté listo para meterme en la bañera.

Kit sintió calor en las mejillas incluso antes de contestar.

–De acuerdo.

–Me envolveré en una toalla para ahorrarte el sofoco –afirmó él en tono provocativo–. Aunque ya me has asegurado que lo has visto todo.

–¿Quieres que te eche sales de baño en el agua?

–Me bastará un poco de lo que hay en el bote azul del estante.

Kit observó, con una leve sonrisa, que el bote azul

era un producto que le habría costado un ojo de la cara. Olía muy bien.

Cuando Hal se quito el jersey y la camiseta, ella se entretuvo regulando la temperatura. Cuando él le dijo que estaba listo, cerró los grifos, se dio la vuelta y vio que él se había enrollado una toalla a la cintura y que tenía la pierna rota apoyada en una banqueta.

Pero eso no fue lo único que observó. Sus anchos hombros y sus definidos bíceps eran más soberbios de lo que se había imaginado. Sin embargo, no podía permitirse distracción alguna.

—El baño está listo, así que voy a ponerte el protector —dijo con tono eficiente.

—Muy bien.

Cuando lo hubo hecho, sostuvo a Hal mientras él se introducía con precaución en las fragantes burbujas. Al ver que se le tensaban los músculos y que se mordía el labio le preguntó, preocupada:

—¿Está demasiado caliente?

Mientras le colocaba la pierna en el borde lateral de la bañera, el sonrió abiertamente.

—Está perfecta, tal como me gusta.

—Muy bien.

Él volvió a sonreír mientras se quitaba la toalla y se la entregaba.

—No te puedes hacer una idea de cómo de bien.

Kit llevó la toalla a uno de los lavabos para escurrirla y tuvo que reprimir un gemido. No sabía que la voz de un hombre pudiera resultar tan excitante.

Estaba horrorizada consigo misma por atreverse a fantasear con un hombre como él, que salía con las mujeres más bellas del mundo. Ella no se engañaba: sabía que no entraba ni de lejos en aquella categoría.

Recordó las reglas férreas a las que se atenía para ser una profesional imparcial en todo momento y no implicarse personalmente, sobre todo cuando el cliente era un hombre terriblemente atractivo que no dejaba de provocarla.

Lo último que deseaba era repetir el mismo patrón destructivo que tenía su madre: enamorarse de un hombre que la llevaría al desastre. Ya había salido escaldada de aquella relación con aquel tipo que estaba casado.

−Kit...

−¿Sí? −acabó de escurrir la toalla y volvió la cabeza hacia él.

El vapor de agua le había formado una fina capa húmeda en los pómulos y el pelo. Ella se alegró al ver que estaba mucho más relajado.

−¿Me lavas la cabeza?

Parecía que tendría que superar otra prueba.

Kit se pasó la lengua por los labios que, de pronto, se le habían secado. Dejó la toalla en el lavabo y se vio reflejada en el espejo: estaba sofocada y había miedo en sus ojos; y se le estaba cayendo el moño de nuevo.

Se secó las manos en los vaqueros y se acercó lentamente a la bañera. Él tenía apoyada la cabeza en el borde. Ella deseó que no se diera cuenta de lo sofocada que estaba. Necesitaba un tiempo para recuperarse.

«Por Dios», se dijo. «Está lesionado. Estoy aquí para hacer un buen trabajo y ayudarlo a recuperarse,

no para comportarme como una colegiala encapri-
chada con él».

No entendía a las mujeres que actuaban de ese
modo. Y no estaba dispuesta a poner en peligro su
empleo ni su paz interior imitándolas.

—Sí, claro que te la lavo. ¿Prefieres algún champú
en concreto?

Él se encogió de hombros como si le diera igual.

—No tengo preferencias. Lo único que quiero es
que me la laves para volver a sentirme medio humano.

—Muy bien. Voy un momento a la cocina a por
una jarra para aclarártelo. No tardo nada.

En la cocina, Kit buscó una jarra adecuada y, después, se bebió un vaso de agua fría para tranquilizarse.

Hal pensó que sus manos tenían un tacto pecami-
noso mientras le masajeaban el cuero cabelludo. Deseó que le diera un masaje en el resto de su magu-
llado cuerpo. Además de haberse roto el fémur y
lesionado la rodilla, tenía el cuerpo dolorido por la
caída.

Recordó a Kit inclinada sobre la bañera para abrir
los grifos. Había observado cómo se le marcaban sus
lujuriosas curvas. Sus nalgas parecían melocotones
maduros. ¿Cómo no iba a fantasear en besárselas e
incluso mordisqueárselas?

Era natural que hubiera comenzado a darle vueltas
a la idea de hacer el amor con ella. Al fin y al cabo,
era un ser humano que llevaba al menos seis meses
sin haber tenido a una mujer en la cama debido a su
interminable horario laboral y al mucho deporte que

practicaba. Su libido comenzaba a protestar ante la sequía sexual a la que la había sometido. El hecho de haberse roto una pierna no implicaba que también se le hubieran lesionado sus necesidades y deseos.

Pero no le parecía bien que la repentina atracción que experimentaba hacia Kit la comprometiera en modo alguno. Intuía que no era una mujer que se tomara una relación sexual a la ligera, sobre todo con alguien que la había contratado para que lo ayudara a recuperarse de un accidente. Así que lo mejor sería que la dejara en paz, tanto por el bien de ella como por el suyo propio.

Se dedicaría a hablar con ella para irla conociendo. La animaría a contarle algo de su vida. Los periódicos y las revistas ya hablaban suficientemente de su profesión y de sus hazañas deportivas, así como de sus relaciones con modelos y actrices, que embellecían y exageraban sin medida. Se estremeció al pensar que Kit pudiera leerlo.

–Ahora voy a aclararte –dijo ella–. Después, te traeré una toalla para que te seques y, mientras tanto, te podrás poner el albornoz.

–Gracias, pero, antes de que te vayas, hay algo que debo hacer.

Le miró fijamente la punta de la nariz, manchada de espuma al haberse ella pasado la mano por la cara mientras le lavaba la cabeza.

–¿Qué es lo que tienes que hacer? –ella le sonrió con dulzura.

Incapaz de resistirse, él le pidió con voz ronca:

–Ven aquí.

Mientras se lo decía, ella ya se había inclinado hacia él y acercado el rostro. El aire entre ambos se cargó de electricidad como si fuera a haber tormenta. Hal volvió a sentir el irrefrenable impulso que había ido creciendo en su interior desde que ella lo había ayudado a meterse en la bañera.

–Tienes espuma en la nariz –afirmó mientras se la quitaba con el pulgar.

Después, le puso la mano en la nuca para acercarle el rostro aún más al suyo y la besó en los labios durante unos segundos. Deseaba probar el sabor de su boca, pero hizo un esfuerzo sobrehumano para no sucumbir al impulso de besarla apasionadamente, ya que Kit era terreno vedado, a pesar de que todo en ella había comenzado a excitarlo más de lo que debería.

Su relación tenía que ser profesional, pero ¡qué dulces eran sus labios!

Contra su voluntad, recuperó la compostura y se apartó de ella, a pesar del deseo que lo quemaba por dentro.

–¡No has...! ¡No hemos...! ¡No hemos debido hacerlo! –exclamó ella, sonrojada. Agarró la jarra llena de agua limpia que había dejado en el borde de la bañera–. Voy a aclararte la cabeza y a traerte la toalla.

Después, lo ayudo a salir de la bañera sin mirarlo a los ojos para que él no se diera cuenta de sus esfuerzos para mantener la compostura. Era indudable que el cuerpo desnudo de él la había excitado y que el breve beso había vuelto del revés su mundo previamente seguro, y no sabía cómo iba a enderezarlo.

Lo ayudó a ponerse el albornoz en silencio mientras sentía la necesidad de escapar.

–Voy a por la toalla.

–Muy bien, pero no tardes mucho o pensaré que tratas de fingir que el casto beso que nos acabamos de dar no ha existido.

–Lamento herir tu orgullo, pero ya lo he olvidado. Debo centrarme únicamente en tu bienestar. Cuando vuelva, si quieres, te ayudaré a vestirte.

Él frunció el ceño, como era de esperar.

–No necesito que me ayudes a vestirme. Tráeme la toalla y, después, en vez de quedarte, prepárame algo caliente para beber.

–Tus deseos son órdenes.

–Yo, en tu lugar, no tentaría la suerte.

–No se me ocurriría –murmuró ella mientras se iba.

Volvió con la toalla y se fue de nuevo para prepararle la bebida.

Hal comenzó a sentirse sombrío. Le había mentido al decirle que no quería que se quedara a ayudarlo. Pero, por un lado, odiaba depender de ella y, por otro, lo excitaba hasta hacerle daño.

Suspiró y se miró la pierna rota con un sentimiento cercano a la desesperación. Detestaba quedarse a solas con sus pensamientos. Prefería irse a escalar un glaciar porque así no tenía tiempo para pensar en cosas dolorosas.

Al haberse roto la pierna y tener que dejar de realizar las actividades habituales, se había dado cuenta de lo solo que estaba y de cuánto temía el futuro, de que llevaba mucho tiempo engañándose al creer que el dinero, el éxito profesional y los deportes de alto riesgo que practicaba bastaban para mantener a raya la soledad y la sensación de vacío.

Había descubierto que, en realidad, había estado evitando lo único que podía contrarrestar todo eso: una relación íntima y significativa con una mujer. Y lo había evitado debido a su miedo a comprometerse. Además de ser de naturaleza inquieta, era muy egoísta, por lo que la mujer que eligiera acabaría abandonándolo como su madre había abandonado a su padre, a Sam y a él cuando eran niños.

Como se sentía a disgusto con esos pensamientos, se puso de pie bruscamente sobre la pierna buena y extendió el brazo para agarrar las muletas que Kit había dejado apoyadas en la pared. Al tratar de colocárselas bajo los brazos, perdió el equilibrio y se cayó hacia delante. Se quedó varios segundos en el suelo maldiciendo antes de llamar a Kit a gritos.

–¿Qué te ha pasado?

Ella se agachó a su lado y le puso la mano en la espalda.

Él volvió la cabeza hacia ella e hizo una mueca.

–¿Tú qué crees? ¿Que de pronto he tenido unas ganas locas de tumbarme en el suelo?

Kit vio las muletas caídas y comprendió lo que había sucedido.

–No, pero parece que has creído que eres Superman. Nadie es infalible, Henry, ni siquiera tú. ¿Por qué no me has llamado para que te ayudara? Para eso estoy aquí. ¿Te has hecho daño?

–Creo que no. Ayúdame a levantarme para que lo compruebe.

De nuevo en posición vertical, Hal le pasó el brazo por los hombros para apoyarse en ella. Después de sentarse, Kit se agachó y le inspeccionó la rodilla y la escayola. No notó nada anormal. Se había dado un buen susto al ver que se había caído, y se prometió que no volvería a dejarlo solo cuando necesitara ayuda.

–Parece que estás bien, pero eso no significa que no te hayas hecho daño. Levanta la pierna un poco para que vea cuánto movimiento tienes.

Él lo hizo con una sonrisa compungida. Todo parecía en orden, y Kit se tranquilizó. Se incorporó y tuvo que resistir el repentino impulso de apartarle el pelo de la frente. ¡No era un niño, por Dios!

Pero no había nada de maternal en el impulso de tocar sus oscuros cabellos.

Mientras lo había ayudado en el cuarto de baño, sus sentidos se habían excitado por su irresistible masculinidad y su proximidad. Todavía sentía su olor y el calor de su cuerpo. Por no hablar del breve beso que se habían dado.

–He visto en la agenda que la enfermera viene mañana. Estaré más tranquila cuando te examine.

–¿Está preocupada por mí, señorita Blessington?

–No es porque seas tú. Me preocuparía por cualquiera que estando a mi cuidado se hubiese caído, sobre todo si ya tuviera una pierna rota. La próxima vez no me creeré que no necesitas ayuda. Ha sido un error imperdonable por mi parte. Si sigues queriendo una bebida caliente, ven conmigo a la cocina. Después, deberías acostarte.

–Me resultaría una propuesta mucho más atractiva si no tuviera que irme solo a la cama.

Kit se quedó de piedra. La sorpresa fue tal que hasta le dio un mareo. Con la boca seca, le contestó:

–¿Ah, sí? Mira, lo que hagas en tu vida privada no

me concierne, pero sería mejor que te recuperaras un poco antes de..., antes de...

–¿Antes de satisfacer necesidades de naturaleza más personal? –sonrió con ironía–. Tienes razón, como siempre. Me gustaría hablar contigo para saber cómo has llegado a ser una persona tan sensata. Pero ahora estoy muy cansado, así que tendremos que dejarlo para mañana.

Su incomodidad ante el comentario de Hal había disminuido, por lo que Kit recogió las muletas, lo ayudó a levantarse y lo acompañó a la cocina.

Capítulo 5

A KIT le resultó imposible dormirse plácidamente tras los acontecimientos del día. Dio gracias de que Hal no se hubiera hecho daño, pero quería que la enfermera lo comprobara a la mañana siguiente. Esperaba que esta no creyera que había sido negligente en su trabajo al dejar solo a Hal. Lo único que le faltaba a Kit era que la enfermera le recomendara a la hermana de Hal que contratara a otra persona. Sería el primer borrón en su hoja de servicios en la agencia.

Incapaz de olvidarse de sus dudas y preocupaciones, daba vueltas en la cama. Lo que más deseaba era que Hal comprobara que era la mejor en su trabajo y que estaba completamente dedicada a su recuperación.

«¿Es eso lo único que quieres que compruebe, que eres competente en tu trabajo?», se dijo.

Se sentó en la cama. Con preguntas como esa no iba a dormirse en toda la noche. Pero no podía negar que Hal la perturbaba. Hacía que fuera más consciente de su feminidad, sobre todo después de haberla besado.

Que Hal se hubiera roto una pierna y estuviera en-

fadado y frustrado por su forzosa inmovilidad no dis-
minuía su indudable carisma ni su atractivo.

De pronto, recordó que él le había dicho en la entrevista que tal vez necesitara que le hiciera compañía si no podía dormir. La gente bajaba más la guardia por la noche. ¿De qué iban a hablar Hal y ella?
No iba a revelar a nadie las confidencias que él le hiciera, pero esperaba no tener que hacerle ninguna.
No le resultaba fácil hablar del pasado, por el que
siempre pasaba por encima como si no fuera importante.

¿Se daría cuenta Hal de su renuencia a hablar del
tema? Esa noche le había dicho que quería saber
cómo había llegado a ser tan sensata, lo cual la había
angustiado, ya que no quería revivir los hechos y circunstancias que la habían convertido en lo que era.
Hablar del pasado con él minaría la seguridad en sí
misma que había ido ganando durante los años que
llevaba trabajando en la agencia, e incluso podría
destruirla por completo.

Volvió a tumbarse en la cama. Decidió recurrir a
la determinación y el pragmatismo que utilizaba
para enfrentarse a los obstáculos y se prometió que
el día siguiente sería menos problemático. Y, un
poco más tranquila por fin, consiguió conciliar el
sueño.

Al abrir los ojos a la mañana siguiente, Hal se
sorprendió porque por primera vez desde el accidente había dormido toda la noche sin interrupción.
Casi no se lo creía. Se sentó en la cama y se acarició

la barbilla. Era cierto que se había tomado dos analgésicos antes de acostarse, pero nunca le habían hecho tanto efecto.

¿Acaso su pelirrojo ángel de la guarda lo había hechizado? Se miró la pierna rota y observó que la hinchazón de la rodilla había disminuido. La tonta caída de la noche anterior no había tenido consecuencias, pero había sido una advertencia para que no rechazara la ayuda de Kit cuando la necesitara. Trataría de ser más sensato, ya que de ello dependía que se recuperara rápidamente para volver a su vida habitual.

Aunque confiaba en sus empleados, no estaría tranquilo hasta comprobar que todo se estaba haciendo como era debido.

Poco después de que hubiera acabado de lavarse y vestirse, llamaron a la puerta. Kit entró con la silla de ruedas. Llevaba unos vaqueros ajustados, que se le pegaban a las caderas y las piernas, lo que parecía ser una camisa masculina de cuadros blancos y rojos y un cinturón rojo. Como siempre, se había recogido el cabello en un moño inestable.

Hal la miró fijamente sin poder evitarlo. Una oleada de deseo lo recorrió de arriba abajo al pensar en soltarle el cabello, desabrocharle la camisa, quitarle el sostén y besarle los senos hasta que sus labios y su cuerpo ardieran de placer.

–Buenos días –Kit le sonrió.

Aturdido por la reacción que había tenido al verla, Hal siguió haciendo un inventario personal de sus cualidades, como si la contemplara por primera vez: sus ojos azules, sus mejillas sonrosadas y sus labios gruesos y rojos, ante los que el monje más beato se replantearía sus votos. Besarlos sería como probar cerezas maduras.

–¿Te encuentras bien, Henry?

Hal vio que su frente de alabastro se había fruncido levemente.

Se sentó en el borde de la cama con la pierna rota estirada y apoyada en un taburete, y la vida le pareció sorprendentemente amable. Si eso era lo que aquella increíble mujer hacía por él, que estuviera contento de hallarse en medio de lo que él consideraba un desastre, tendría que ser idiota para dejarla marchar.

Sonrió complacido.

–Estoy muy bien. Nunca me he sentido mejor.

–Supongo que lo dices con ironía.

–En absoluto. He dormido como un tronco, por lo que me siento en plena forma.

–Tiene que haber sido por los analgésicos que tomaste.

Sin dejar de sonreír, él se encogió de hombros.

–Tal vez.

Kit maniobró para acercarle la silla de ruedas.

–Voy a llevarte a la cocina a desayunar en la silla. Después de que te haya examinado la enfermera, podrás volver a usar las muletas.

Aunque sus palabras consiguieron que Hal se sintiera como si tuviera ochenta años, en vez de como el hombre joven en plenas facultades que era, o que había sido hasta el accidente, se las perdonó debido al sueño reparador del que había disfrutado y a que se daba cuenta de que Kit comenzaba a importarle.

–Siéntate y vamos a desayunar antes de que llegue la enfermera.

Una vez en la cocina, Kit le sirvió una taza de café y se sentó frente a él con la suya.

–Me quita un peso de encima saber que has dormido bien. Me preocupaba que la caída de ayer te hubiera provocado más dolores.

–Pues no ha sido así. Ya te he dicho que he dormido como un tronco. Por cierto, ¿a qué hora va a venir la enfermera?

–Dentro de una hora más o menos, según la agenda. ¿Qué quieres desayunar?

–Dos rebanadas de pan integral con mermelada. No suelo comer nada más.

–Pues espero que una mañana me dejes prepararte un desayuno inglés completo. Es una de mis especialidades.

Hal le sonrió seductoramente.

–¿Cómo voy a rechazar una invitación tan irresistible? Sabes tentar a un hombre cuando está abatido.

–¿Quieres decir que caes más fácilmente en la tentación cuando estás triste?

Hal soltó una risa irónica.

–Ahora mismo tengo un motivo suficiente para caer en la tentación –afirmó con voz ronca.

Kit se sonrojó.

–Bueno, voy a prepararte las tostadas.

–Hazte una tú también.

–Por la mañana solo tomo té.

Él la miró de arriba abajo.

–Supongo que no estarás haciendo ninguna dieta ridícula.

–No. ¿Crees que me pondría a dieta a expensas de

mi salud? Lo que pasa es que tengo mucha energía y no engordo con facilidad.

–Pues no adelgaces demasiado –Hal sonrió mientras removía el café distraídamente–. Me gusta que las mujeres con las que estoy tengan carne a la que agarrarse.

–Es una suerte que yo no sea una de ellas –replicó ella con los ojos centelleantes–. De todos modos, según la prensa, tienes muchas para elegir.

Así que había leído esos reportajes sobre su «comportamiento lascivo», como lo denominaban los periódicos. Le desagradó pensar que eso hubiera empeorado el concepto que tenía de él.

–Por si te interesa, hace más de seis meses que no salgo con nadie. Y deberías tener más criterio sobre lo que lees en la prensa. Tal vez debas cambiar de periódico.

Kit se puso como un tomate, y él lamentó haber hecho ese comentario.

–Tiene usted derecho a pensar lo que quiera. ¿Desea más café con las tostadas, señor Treverne?

–¿Así que vuelves a tratarme de usted? Te he dicho que prefiero que me trates de tú. Además, ¿no crees que es un poco ridículo cuando me has visto desnudo?

Kit se cruzó de brazos y lo miró con fiereza.

–Estabas envuelto en una toalla, si no recuerdo mal.

–Una toalla pequeñísima que, estoy seguro, dejaba poco margen para la imaginación.

–¿Te olvidas de que después te ayudé a ponerte el albornoz?

–No, pero trataba de ser educado y no mencionarlo.

Kit suspiró y lo miró con ojos risueños.

–¿No crees que tengo cosas mejores que hacer que hablar de tu desnudez?

–Sin duda. Pero no maltrates mi ya de por sí frágil ego negándome la fantasía eminentemente masculina de que te dedicas a desear mi cuerpo en tu tiempo libre.

–¡Eres de lo que no hay!

–Me han dicho cosas peores.

–Creo que deberíamos dejar esta conversación estúpida y centrarnos en el desayuno, ¿no te parece?

–Me acabas de decir que no desayunas.

Kit lanzó un gemido de desesperación y se apartó un mechón de pelo que le había caído sobre la frente.

–Pues tal vez tenga que hacerlo para tener fuerzas para soportar que te sigas burlando de mí todo el día.

Hal sintió una alegría perversa al comprobar que sus comentarios la afectaban, a pesar de que su reacción no fuera de entusiasmo, como la que solían mostrarle otras mujeres.

Dio unos sorbos de café y sonrió de forma encantadora.

–Trataré de no sacarte de quicio, querida, de verdad. Pero no serás capaz de negarle a un pobre inválido las escasas oportunidades que tiene de alegrarse el día, a no ser que tengas un corazón de piedra.

–Así que ahora eres un pobre inválido.

–¿Qué otra cosa puedo ser cuando me veo confinado en esta silla?

De pronto, la frustración que le causaba su inmovilidad lo venció.

–Si no me viera incapacitado por esta maldita pierna, te perseguiría por la habitación hasta atraparte y robarte un beso.

La idea de poder hacerlo lo puso de nuevo de buen humor.

–Aunque uno no me bastaría.

–¿Te acuerdas de que ya me robaste uno ayer?

–Me dijiste que lo habías olvidado. Tal vez te impresionó más de lo que estás dispuesta a reconocer. Quizá debería robarte otro para recordarte lo agradable que fue.

–No estoy de acuerdo, aunque no voy a impedirte que fantasees si eso te anima. Me parece bien todo lo que te ayude a recuperarte, porque cuando andes de nuevo y vuelvas a tu ajetreada vida y a la infinidad de mujeres a las que les resultarás irresistible, estarás más contento y mi trabajo aquí habrá acabado.

Antes de volverse para poner el pan en el tostador, Hal vio que esbozaba una sonrisa, lo cual no le hizo ninguna gracia, porque, aunque resultara increíble, ella había tenido la última palabra. Lo había vencido.

La enfermera del hospital privado al que acudía Hal se marchó después de decirle que lo encontraba mejor de lo que esperaba, y prometió volver al cabo de una semana. Cuando se hubo ido, Hal le dijo a Kit que quería trabajar en su despacho hasta la hora de la comida y que podía tomarse ese tiempo libre.

Después de haberlo puesto en su sitio con los comentarios que había hecho en la cocina antes de que la enfermera llegara, Kit lamentó haber sido tan franca, ya que, desde entonces, él se había encerrado en un mutismo absoluto y había dejado de bromear.

De todos modos, ella se había derretido cuando le dijo que deseaba perseguirla por la habitación para besarla.

Sabía que no debía animarlo a flirtear con ella porque le resultaría más difícil dejarlo de ver cuando el trabajo acabara. Además, era imposible que hablara en serio al decirle que quería besarla otra vez. Estaba segura de que el beso del día anterior se había debido a las circunstancias en que se encontraban. ¿Cabía mayor intimidad que ayudar a un hombre a meterse en la bañera y lavarle la cabeza?

Según la prensa, Hal había salido con mujeres muy hermosas. Ella no estaba a su altura ni quería estarlo. Si llegaba a enamorarse, tendría que ser de un hombre que no se dejara seducir tan fácilmente por las tentaciones mundanas ni que tuviera que mantener la imagen de hombre de acción para que los demás lo aceptaran.

Ese hombre se daría cuenta enseguida de que estaba con una mujer que lo quería por como era, no por su dinero ni por las metas que pudiera alcanzar.

Cinco minutos después, Hal la llamó desde el despacho, lo cual la sorprendió. Al entrar, contempló con los ojos como platos el despliegue de sus logros: los premios que había recibido de la industria musical y las fotografías increíbles de las pruebas deportivas en las que había participado en todo el mundo.

La única muestra de algo más personal era una preciosa foto, con marco de plata, de su hermana Sam.

Esbozó una sonrisa, sin poder contenerse, al ver el calendario que había colgado en la pared del escritorio. La foto era la de una famosa modelo rubia con la braguita de un biquini. Siguió sonriendo al mirar a Hal, que la examinaba con interés, como si se preguntara qué pensaba de los premios y las fotos.

–Debes de estar orgulloso de tus logros –comentó ella.

Él se encogió de hombros con impaciencia.

–Hay otras cosas que me gustaría más conseguir.

–¿Como qué?

–No tengo ganas de hablar de eso ahora, si no te importa.

–En absoluto. ¿Por qué me has llamado?

Él sacó una tarjeta de la cartera y se la entregó.

–Quiero que reserves una mesa para dos para comer hoy en este restaurante. Di que quiero una mesa lo más privada posible, con espacio para poder extender la pierna.

Kit examinó brevemente la tarjeta y reconoció el nombre de un restaurante con estrellas Michelin, frecuentado por gente rica y famosa.

–Allí no tendrás que preocuparte de dónde aparcar porque el portero encargará a un empleado que lo haga.

–Muy bien. ¿A qué hora quieres que la reserve?

–A la una y media.

–¿Vas a quedar con alguien allí?

A Kit le latió el corazón a toda prisa al pensar que se vería allí con una joven rubia, su última conquista. No se había creído que llevara seis meses sin salir con nadie. Un hombre como él no estaría sin una mujer tanto tiempo, a juzgar por su reputación.

–¿Con quién? –Hal la miró perplejo–. ¿No es evidente que voy a comer contigo, Kit?

El corazón de Kit se aceleró aún más.

–Pero vas a reservar mesa en uno de los restaurantes que están más de moda en la ciudad. En mi guardarropa no hay nada adecuado para un sitio así, y no quiero que te sientas violento.

–¿Que me sienta violento? Se ve que no sales mucho. No necesitas ropa a la moda ni ningún adorno más que tu gloriosa melena y tus hermosos ojos azules para poder presentarte en cualquier restaurante del mundo. A este en particular he ido muchas veces y, créeme, el dueño, que además es amigo mío, se cortaría un brazo antes que perderme como cliente.

Sin haberse recuperado del impacto de aquel elogio totalmente inesperado, Kit intentó contestarle.

–Muy bien. Voy a hacer la reserva.

–Estupendo. Ahora voy a seguir trabajando. Por cierto, la señora Baker, la asistenta, llegará pronto. Ábrele la puerta y preséntate.

–Desde luego.

–Muy bien.

Mientras él volvió a centrarse en los papeles que tenía esparcidos por el escritorio, Kit salió sin hacer ruido, pensando en qué podría hacer para ser inmune a los encantos y el carisma de Hal si quería continuar trabajando para él.

Capítulo 6

HAL había contemplado, admirado, cómo Kit había convertido una posible entrada torpe en el restaurante en una operación fluida y sin tacha que él no hubiera sido capaz de llevar a cabo.

A pesar de que era muy conocido, y de que el resto de la clientela, también famosa, sabría que se había roto una pierna esquiando, a Hal no le gustaba llamar la atención cuando iba a disfrutar de una de las mejores cocinas del país con la acompañante que había elegido.

Pero cuando había captado la mirada inquisitiva de algún comensal, la graciosa sonrisa de Kit y sus palabras tranquilizadoras, dichas en voz baja, habían conseguido que no le hiciera caso, y habían llegado a su mesa sin problemas.

Hal se relajó al comprobar que manejaba mejor las muletas. Se animó al ver que quien más llamaba la atención era Kit, por lo que no dejó de sentir un orgullo típicamente masculino por su atractiva acompañante.

El primero en mostrar interés por ella fue el maître francés, que se quedó extasiado ante su cabello. Lo llevaba suelto porque Hal se lo había pedido. Y el resto de los comensales debía de estar preguntándose qué relación los unía, y sumando dos y dos.

Lo cierto era que la idea de Hal de mantener una relación más íntima con Kit se había afianzado y que deseaba hacerla realidad.

–¿Quieres vino? –le preguntó mientras ella estudiaba el menú.

–¿Vino? –lo miró perpleja–. ¿Has olvidado que tengo que conducir?

Así era, aunque pareciera mentira. Estaba tan ensimismado en la contemplación de su rostro que no pensaba con claridad. Se sonrojó, lo cual hizo que se sintiera como un inexperto colegial en vez de como el hombre de treinta y dos años que siempre se había sentido seguro con las mujeres.

–Te confieso que sí. Es una lástima que no puedas beber, porque tienen un vino estupendo.

Kit se inclinó hacia él y le puso la mano en la suya.

–Eso no implica que tú no te tomes una copa si te apetece. Aunque te aconsejo que no te excedas, ya que te estás medicando.

Él apenas atendió a lo que le decía porque al entrar en contacto con su piel recibió una descarga eléctrica.

–Tendría que haberme dado cuenta de que mi ángel de la guarda me lo recordaría. Es una suerte que siempre estés cuando te necesito.

Ella retiró inmediatamente la mano. Él la hubiera abofeteado.

–Para eso me pagas, ¿no? Para ayudarte a recuperarte. Si no te gusta cómo hago mi trabajo, tal vez deberías contratar a otra persona.

–No hagas eso, y menos aquí –Hal bajó la voz y miró alrededor. Después, se inclinó hacia ella, con el ceño fruncido, y le dijo–: Los clientes pueden creer que tenemos una relación personal y que no funciona. No quiero que nadie se llame a error y que aparezca una falsa historia en los periódicos para que me sigan denigrando.

Ella se ruborizó, y él pensó que debería haber sido más cuidadoso al elegir sus palabras.

–¿A qué te refieres con que nadie se llame a error? No soy nadie, ni tu novia ni tu esposa. ¿Qué más te da lo que piensen los demás?

–No me da igual.

Hal tragó saliva sin apartar la vista de ella. Creía que la había insultado. Si era así, tenía que disculparse.

–No he querido decir que me moleste que la gente crea que nuestra relación es personal. ¿Crees que me importaría? Pues no te valoras como te mereces. Eres una mujer muy hermosa, Kit, y sería comprensible que me sintiera atraído por ti.

–Ahora me toca a mí pedirte que no hagas eso. Preferiría que los dos recordáramos por qué estoy aquí y nos dejáramos de fantasías ridículas.

Ella había bajado la voz por timidez, pero estaba tan hermosa con las mejillas arreboladas que Hal no se lo pensó dos veces y le acarició suavemente una de ellas.

Kit se mordió los labios como si sintiera dolor.

–No hagas eso. El camarero viene hacia aquí y ni siquiera hemos decidido lo que vamos a comer.

–Te recomiendo el cordero. Está delicioso.

Kit había recuperado la compostura cuando llegó el camarero y les preguntó si ya habían elegido. Ella pidió el cordero sin vacilar. Él le guiñó el ojo por haber aceptado su recomendación. Lo interpretó como una señal de que confiaba en él.

–Vaya, vaya. Veo que el herido ha vuelto al mundo de los vivos, tan apuesto y tan en forma como siempre, a pesar de su pierna rota.

Hal estaba empezando a disfrutar de la compañía de Kit, y también de la exquisita comida, cuando una voz masculina le produjo un desagradable escalofrío. Alzó la vista y vio la falsa sonrisa de Simon Ridgen, su antiguo socio.

Hal no estaba dispuesto a olvidar el pasado. Aquel hombre era una víbora, y no iba a engañarlo por segunda vez. Era una lástima que no se hubiera dado cuenta de cómo era al conocerlo y de que se hubiera asociado con él.

Sin hacer caso de la mano que le tendía, se llevó la servilleta a los labios lentamente y suspiró.

–Si lo que pretendes es arruinarme el día presentándote así, pierdes el tiempo, Simon. El accidente de esquí me reafirmó en la idea que tenía de ti: eres una rata.

Hal miró alrededor y vio que dos ejecutivos que no conocía alzaban las copas a su salud como si lo conocieran. Era evidente que su exsocio tenía compañía.

–¿Por qué no vuelves con tus acompañantes, que estoy seguro de que serán tan desagradables como tú, e intentas arruinarles el día a ellos? No me cabe duda alguna de que lo conseguirás.

Simon se sonrojó claramente, a pesar del bronceado que tenía todo el año gracias a sus frecuentes viajes al Caribe. Hal recordó que no le gustaba esforzarse en su trabajo, una de las razones por las que había renunciado a ser su socio.

—Estás molesto porque te gané cuando apostamos que esquiaba mejor que tú y que te vencería si echábamos una carrera por una de las pendientes más difíciles del mundo —lo acusó Simon en tono burlón—. Te humilla haber chocado con un banco de nieve frente a tus amigos. Todos saben lo mucho que detestas perder. Ese día no fuiste «el afortunado Henry», ¿verdad, Hal?

—Vete antes de que le haga una seña al maître para que te echen.

—¿Y arriesgarte a que la prensa sensacionalista vuelva a subrayar lo imprudente que eres? Aunque reconozco que este restaurante se esfuerza en impedir la entrada a la chusma, siempre hay un par de listos que se cuelan. ¿Ves a alguien a quien no conozcas?

Hal se irritó.

—¿Por qué no te apartas de mi vista y nos dejas comer en paz?

Simon miró a Kit.

—¿Quién eres, tú, bonita? Reconozco que estoy sorprendido, ya que pensé que nuestro amigo se inclinaba por las rubias voluptuosas, no por las pelirrojas delicadas que parecen recién salidas del Renacimiento. Pero supongo que posees un par de trucos para mantenerlo interesado. Tendrás que inventarte algunos más para tenerlo contento mientras no se pueda mover. Me han dicho que la rotura es complicada, por lo que supongo que tardará en recuperarse. Si su interés por ti comienza a disminuir, guapa, llámame.

Se metió la mano en el bolsillo para sacar una tarjeta, que lanzó frente a Kit en un gesto claramente insultante.

—Ya estoy harto de rubias. Me vendrá bien un cambio.

La expresión de Hal era aterradora.

—Si continúas por ahí, Ridgen, te juro que lo lamentarás. ¡Fuera de mi vista! Ni siquiera eres digno de mirarla. Vete antes de que llame a la policía.

—No te preocupes, Henry, déjame a mí.

Kit dio un sorbo del zumo de naranja que estaba tomando mientras los dos hombres la miraban fascinados. Y continuó hablando con determinación.

—Preferiría lanzarme a una piscina llena de pirañas a malgastar un solo segundo de mi tiempo con un tipo tan desagradable como usted, señor... —tomó la tarjeta y leyó el nombre en voz alta— señor «Simon Ridgen» —le lanzó una mirada gélida y concluyó—: Puede estar seguro de que recordaré el nombre si me convocan como testigo cuando el señor Treverne lo lleve a los tribunales por acoso, lo cual, desde luego, no mejorará su reputación.

—*Touché* —masculló Hal.

—Maldita... —Simon Ridgen, muy sofocado, se dio la vuelta y salió del restaurante sin siquiera acercarse a sus acompañantes para explicarles la razón de su marcha.

—¿Por qué lo has hecho? —le preguntó Hal a Kit.

—¿Te refieres a defenderme y a poner a ese tipo en su sitio?

–Sí.

Los ojos de Kit centellearon.

–Digamos que tengo mucha experiencia en tratar a hombres como él. Mi madre los llevaba a casa con dolorosa regularidad buscando al hombre de sus sueños. Ni que decir tiene que fue un ejercicio estéril que le destruyó la vida. Sus sueños se convertían indefectiblemente en pesadillas. No sabía juzgar a los hombres. Y cuando ellos conseguían lo que deseaban y la abandonaban, cosa que hacían todos sin excepción, yo era la que recogía los pedazos y trataba de convencerla de que lo que no la matara la haría más fuerte. Pero no fue así... Me refiero a hacerla más fuerte.

–Eso te ha debido de dejar heridas –afirmó Hal, apenado por la terrible experiencia por la que ella había pasado, que explicaba por qué era tan reservada y estaba resuelta a protegerse de depredadores similares.

Kit hizo una mueca y negó con la cabeza.

–Las heridas cicatrizan, pero no los recuerdos. De todos modos, tenías razón: ese tipo es una rata. ¿Qué hombre decente y sensato se burlaría de un amigo porque ha perdido una apuesta y se ha lesionado gravemente? Es evidente que carece de principios. No es asunto mío, y no pretendo ser presuntuosa, pero, si estuviera en tu lugar, procuraría mantenerme alejado de él.

–Lo haré. Ojalá hubiera sabido que ese bribón cenaría aquí esta noche. Hubiéramos ido a otro sitio. Sigue enfadado conmigo porque dejé de ser su socio.

–Entonces, ¿fue tu socio? Perdona la pregunta,

pero ¿en qué demonios pensabas para asociarte con alguien así?

Hal se encogió de hombros. Aún le dolía haber sido tan ingenuo.

—Tenía poco más de veinte años cuando él me abordó, conocedor del éxito que tenía. Y yo estaba deseoso de demostrar a mi padre que todavía podía tener más. Así que, cuando Simon me ofreció un trato que me pareció bueno, bajé la guardia y me dejé convencer. Era un hombre de negocios experto en la industria que más me interesaba, y su historial de éxitos era impresionante.

Hizo una mueca sardónica.

—Volviendo al accidente de esquí, cuando me lo encontré en Aspen, la única razón por la que accedí a su estúpida apuesta fue porque estaba seguro de poder ganarle. Nunca había perdido en situaciones semejantes. Pero la verdad es que fui un estúpido, y pagué el precio. Debí haberme marchado. Y quiero disculparme sinceramente por la forma en que Simon te ha insultado, Kit. Si me hubiera podido valer, sería él quien ahora estaría inmovilizado.

El comentario la perturbó claramente.

—Entiendo ese impulso, pero aborrezco la violencia. No soluciona nada. ¿No lo demuestran las innumerables guerras que hay en el mundo? Sería mejor que no hablaras con él o que no le prestaras atención. Eso le haría más daño.

Hal sonrió.

—Bueno, el hecho de que le hayas dejado claro que no te interesaba y que le advirtieras de lo que le sucedería si continuaba por ese camino ha sido más que suficiente para que se largara. Me has defendido de un modo formidable, Kit. Estoy impresionado. La única persona que me hubiera defendido así es mi hermana.

Kit le dirigió una sonrisa cautivadora y agarró los cubiertos.

—Me lo tomo como un cumplido. Creo que será mejor que acabemos de cenar antes de que la comida se enfríe.

—Puedo pedirle al camarero que nos la traiga de nuevo, si hace falta.

—¿Y malgastar el dinero que vas a pagar por la que ya tenemos? ¡De ningún modo!

Kit estuvo sumida en sus pensamientos mientras volvían a casa. La aparición de Simon Ridgen le había demostrado lo apesadumbrado que estaba Hal por haberse asociado con él. Pero estaba segura de que no volvería a engañarlo.

Mientras lo ayudaba a sentarse en el sofá, se dio cuenta de que parecía agotado, como si la salida lo hubiera fatigado más de lo que estaba dispuesto a reconocer. Había sido su primera visita a un restaurante desde el accidente y, además de tener que enfrentarse al hecho de aparecer en público sin estar en plena forma, se las había tenido que ver con una persona que lo había estresado. Kit esperaba que lo sucedido no retrasara su recuperación.

Recordó asimismo que le había hablado a Hal de su madre y de su incapacidad a la hora de elegir pareja. ¿Le habría contado algo tan personal si Simon

Ridgen no se hubiera acercado a la mesa para burlarse de él?

—Voy a descansar un rato. ¿Por qué no aprovechas para hacer lo mismo?

Hal interrumpió sus pensamientos con una sonrisa seductora.

¿Era consciente de que, si su sonrisa apareciera en una pantalla de cine, todas las mujeres desearían tener la oportunidad de relacionarse íntimamente con él?

Kit sintió una oleada de calor. Para ella era una experiencia nueva que un hombre la excitara tanto, hasta el punto de que la mente se le vaciaba cuando él la miraba.

—Más tarde, podríamos ver un par de películas, y después hablar de ellas —propuso él mientras se recostaba en los cojines y se ponía las manos detrás de la cabeza, lo que hizo que Kit le mirara el torso, increíblemente musculoso, cubierto por un bonito jersey de cachemira negro.

Sintió la boca seca.

—¿Te apetece? —añadió él. Y no se te ocurra decirme que para eso te pago.

—Me encantaría ver esas películas contigo, pero no voy a aprovechar para descansar mientras tú lo haces. Aunque la señora Baker haya limpiado la casa, quiero comprobar que no queda nada por hacer, y, si necesitamos provisiones, iré al supermercado. Ya sé que no te gusta que te lo diga, pero no me pagas para estar ociosa. Además, me gusta estar ocupada y hacer lo que pueda para facilitar las cosas a mis clientes. Por cierto, me gustaría mirarte la pierna para ver si todo va bien.

–Va perfectamente. Si no, se lo diría, enfermera Blessington.

Kit fingió estar molesta.

–No pretendo ser enfermera, pero sé lo que hay que hacer y cómo hacerlo, así que no me importa que creas que soy un poco mandona. Descansa, entonces. Pórtate bien mientras estoy fuera. No hagas nada que no debas.

–¿Lo dices en serio? –se burló él, con los ojos brillantes–. ¿Como qué?

Ella, agitada, se dirigió apresuradamente a la puerta y la abrió.

–No lo sé. ¿Descender por la ventana haciendo rápel, por ejemplo? Lo que es seguro es que, si hay alguna travesura a la vista, teniendo en cuenta lo que te gustan las emociones fuertes, seguro que la cometes.

La alegre risa de Hal la siguió por el pasillo hasta la cocina.

Capítulo 7

HAL la invitó a sentarse en el sofá para ver la primera película. Kit lo hizo dejando bastante sitio entre ambos. A pesar de que la trama era apasionante, no consiguió relajarse debido a lo cerca que estaban.

Él no necesitaba ningún elemento externo para incrementar su indudable atractivo, por lo que ¿era necesario que se hubiera puesto aquella fascinante loción para después del afeitado? Su aroma la provocaba, y después de que él la hubiera besado en el cuarto de baño, aunque brevemente, solo pensaba en el sexo.

Aquel beso inesperado la había excitado, y no la consolaba que no la hubiera acariciado ningún hombre desde aquel mentiroso con quien se había acostado. El celibato que se había impuesto a sí misma desde aquel episodio nunca antes se había vuelto en su contra de forma tan inconveniente y perturbadora.

No era, desde luego, buena idea desear al jefe de una misma, aunque sus encantos fueran irresistibles.

Carraspeó y, distraídamente, se enrolló un largo mechón de cabello rojizo en el dedo.

–¿Estás bien?

Ella volvió la cabeza y sonrió de forma automática.

–Sí, muy bien.

Su respuesta había sido rápida y vacilante, y no había sonreído de manera provocativa ni insinuante, pero a Hal se le oscurecieron los ojos, y se removió en el sofá como si estuviera incómodo.

Una cosa era evidente: no tenía prisa en volver a prestar atención a la película.

–¿Soy yo o es que hace calor? –preguntó.

Kit trató de pensar con claridad, a pesar de cómo le resonaba el corazón en el pecho.

–Hace calor. ¿Bajo un poco la calefacción?

–Creo que daría lo mismo.

Hal esbozó una sonrisa irónica que mostró su perfecta dentadura, y Kit volvió a pensar que debería aparecer en una pantalla de cine, aunque en ese momento se puso muy contenta de que no lo hiciera, ya que no quería compartirlo con nadie.

–Entonces, vamos a seguir viendo la película.

Ella trató de centrarse en la pantalla. Pero Hal tenía razón: hacía calor, y no se debía a la calefacción.

–Kit...

–¿Qué?

–¿Por qué no te acercas un poco? El sofá es grande, y me parece que estás a kilómetros de distancia.

–¿Para qué quieres que me acerque? ¿Te duele algo? ¿Voy a por las medicinas?

En respuesta, los ojos de Hal le transmitieron un calor y un deseo imposibles de pasar por alto. A modo de defensa, cerró los muslos, cubiertos por unos leggings negros. Un escalofrío la recorrió de arriba abajo.

–No me duele nada, pero, si me doliera algo, lo único que me aliviaría serías tú, Kit.

Con los ojos muy abiertos, ella respondió con voz trémula:

–No digas eso. Me has contratado para trabajar para ti, nada más. No voy a poner en peligro mi empleo por... por... –le resultó imposible acabar la frase.

Hal suspiró.

–Lo que dices es cierto. Pero, en los dos últimos días, ha crecido en mí un sentimiento que va más allá de nuestra relación profesional y que no me deja en paz. Aunque tenga la pierna rota, sigo teniendo las mismas necesidades que cualquier hombre.

–¿A qué necesidades te refieres? –preguntó ella en voz baja.

–Acércate y te lo diré; o, mejor aún, te lo demostraré.

–No.

–Vamos. Quiero hacer un experimento.

Ella intentó decir algo, lo que fuera, pero tenía la boca seca. Se sentía mareada. Siempre se había quejado de que su madre no empleaba el sentido común con los hombres, pero ¿dónde estaba el suyo cuando más lo necesitaba?

Se pasó la lengua por los labios y se obligó a preguntar:

–¿Qué clase de experimento?

Hal la miró directamente a los ojos.

–Quiero besarte, Kit, pero, esta vez, como es debido. Y quiero que me beses. Si no nos gusta la experiencia, seguiremos como hasta ahora. Te doy mi palabra de que tu puesto no corre peligro. Te quedarás aquí hasta que vuelva a andar perfectamente, ¿de acuerdo?

Se produjo un silencio ensordecedor.

Él le hizo un gesto para que se acercase. Ella lo miró a los ojos y fue como hacerlo en un agua cristalina tras vagar por el desierto sin esperanza de volver a beber.

¿Y cómo iba a descartar la posibilidad de que aquel espejismo se convirtiera en una visión genuina y le salvara la vida si bebía de él?

Extendió la mano hasta tocar la de Hal, suave y cálida, como siempre. Pero esa vez podía permitirse disfrutar de la experiencia, no limitarse a atender las necesidades prácticas de Hal, como hacía normalmente.

Él sonrió mientras tiraba de ella para que se acercase. Antes de que Kit pudiera reaccionar, le apartó la melena, le puso la mano en la nuca y le aproximó la cabeza a la suya.

Toda oportunidad o deseo que ella tuviera de seguir hablando se esfumó en el momento en que los labios de él se posaron en los suyos. Tenían la textura del terciopelo y el sabor del néctar.

Cuando Hal le introdujo la lengua y jugueteó con la suya, experimentó un placer desconocido, un gozo tan intenso y sensual como el que sentiría ante una tormenta veraniega. Su repentina aparición no le dio tiempo a buscar refugio, y lo único que pudo hacer fue rendirse a su fiereza sin pensar adónde la llevaría esa experiencia.

Cuanto más la besaba Hal, más se olvidaba ella de sus miedos.

Él le puso la mano en un seno, lo que provocó en ella un deseo tal que creyó que iba a volverse loca. ¿Por qué pensó de repente que estaría dispuesta a sacrificar su sueño de tener un lugar seguro, un refugio que pudiera llamar suyo, para adentrarse en lo desconocido con él?

Lanzó un gemido y se agarró a los bíceps de Hal, duros como el acero, al tiempo que deseaba tener el valor de levantarle el jersey para acariciarlo más íntimamente y apretar su cuerpo contra el de él.

A Hal le daba vueltas la cabeza. Sabía lo que era tomarse un par de copas de vino con la cena, y sentirse un poco mareado, pero nunca antes había experimentado aquella sensación de mareo seductora y adictiva.

La boca y la lengua de Kit eran tan deliciosas que podría ser esclavo de sus besos durante mucho tiempo, en tanto que su cuerpo... Su cuerpo y su olor lo excitaban como ninguna otra mujer lo había hecho.

La necesidad de proseguir con aquel supuesto experimento se iba incrementando. Estaba tan excitado que tuvo que apartar la boca de la de ella para respirar hondo y tratar de controlarse. Tomó su rostro entre las manos y la miró a los ojos, que le parecieron tan perplejos y embriagados como los suyos.

–Quiero llevarte a la cama, Kit –sonrió, y añadió–: Mejor dicho, necesito llevarte a la cama. El experimento ha tenido más éxito del que esperaba.

Se sorprendió cuando ella suspiró.

–No siempre se puede tener lo que uno quiere o necesita, Hal. Ceder a nuestros deseos puede que sea lo mejor para nosotros. No te negaré que me resultas atractivo, pero, si lo piensas, verás que no es buena idea llevar las cosas más allá. Ya hemos traspasado un límite que juré que nunca traspasaría con un cliente.

Le apartó con suavidad las manos de su rostro y se recostó en el sofá.

—Es comprensible que te sientas solo y frustrado, pero yo no soy la cura para ninguna de las dos cosas, aunque creas que sí —se sonrojó visiblemente y añadió—: Tus besos han sido deliciosos, y tú también lo eres. Pero prefiero que me recuerdes como una persona competente y de fiar que te ayudó cuando más lo necesitabas que como una mujer a la que te llevaste a la cama porque estabas caliente.

Hal estaba tan sorprendido que no supo qué responder. Le había dicho que era «delicioso», pero no confiaba en él. De pronto, se le ocurrió una explicación de por qué ella no quería ir más lejos.

—Crees que soy igual que uno de esos bribones que utilizaban a tu madre y la abandonaban. Es eso, ¿verdad?

—¡Por supuesto que no!

Kit hizo una mueca de dolor, cruzó los brazos y bajó la cabeza, lo cual hizo que su hermoso cabello le cayera como una cascada sobre los hombros.

Hal contuvo la respiración. Era una vista tan hermosa...

—Sé que no eres como ellos —afirmó Kit—. Pero debo protegerme. Nadie cuida de mí salvo yo misma. En la agencia tengo fama de ser competente y digna de confianza, y necesitaré que me des buenas referencias cuando me vaya para obtener otro empleo tan bueno como este. ¿Lo entiendes?

Hal, que comenzaba a tranquilizarse, adoptó un aire pensativo.

–Te he dicho que no perderás el empleo y, si te quedas hasta el final, te daré las mejores referencias, por ese lado puedes estar tranquila. Pero no voy a fingir que eso vaya a hacer que te desee menos ni que deje de pensar en el beso que nos acabamos de dar.

–Muy bien –ella le sonrió, pero era evidente que su expresión aún era precavida–. Me halaga que me desees, de verdad. Sé que te bastaría descolgar el teléfono para tener a cualquier mujer. Y lo siento si te he ofendido antes al decirte que estabas...

–¿Caliente? –concluyó él.

–A veces hablo sin pensar.

–¿Crees que a estas alturas no te conozco?

Kit se pasó la mano por el pelo como si pretendiera peinárselo.

–¿Por qué no acabamos de ver la película? Me estaba empezando a gustar.

–Preferiría hacer otra cosa, pero, como soy un caballero, dejaré que seas tú quien elija la forma de entretenernos. La próxima vez me tocará a mí.

–Si no te apetece seguir viendo la película, ¿quieres que juguemos al ajedrez? Pero te prevengo que juego para ganar y que no es fácil derrotarme.

Hal volvió a excitarse, lo cual le recordó a lo que había renunciado para que Kit comprobara que no era un playboy despiadado y con derecho divino a agarrar lo que quisiera. Bajando la voz, dijo:

–A mí me pasa lo mismo. No tiene sentido jugar

para no ganar. Estar por encima es lo que mejor se me da.

Durante los días siguientes, Hal representó el papel del perfecto caballero que afirmaba ser. Se acabaron las bromas provocativas y burlonas que Kit había aprendido a esperar y que le encantaban, porque le indicaban que Hal era más un chico travieso que un caballero.

Un hombre más calmado y reflexivo tomó su lugar. De hecho, estaba tan callado que Kit creyó que la pierna no le estaba sanando bien y que eso le preocupaba. Cuando se lo preguntaba, él inmediatamente lo negaba y volvía al libro que estaba leyendo, o a su estudio a trabajar, con una expresión que a ella le daba a entender que se habían acabado las charlas amistosas y que prefería que no lo molestasen.

Tampoco volvieron a hablar de que fuera él quien eligiera el entretenimiento nocturno.

Kit no podía negar que todo eso la molestaba. Soñaba todas las noches con él. A veces se despertaba sudando y con el corazón desbocado. Las imágenes de ambos juntos eran tan reales que se sentía desolada al despertarse y comprender que eran fantasías nocturnas.

Era posible que acabara aquel trabajo sin romper su celibato, pero eso no implicaba que estuviera contenta, ni mucho menos, ya que le dolía el corazón solo de pensar en despedirse de Hal para siempre.

Cuando la enfermera volvió a visitarlo para examinarle la pierna, declaró con una alegre sonrisa que se le estaba curando muy bien y que era cuestión de tiempo el que recuperara las fuerzas. Kit pensó que Hal no parecía muy convencido.

La enfermera añadió que debería ir a fisioterapia antes de volver a ver al médico, y él asintió con la cabeza, le dio las gracias por el consejo y la acompañó a la puerta en la silla.

Parecía que seguía sin tener ganas de hablar.

La noche posterior a la visita de la enfermera, Kit estaba en la cama y llevaba horas mirando las sombras del techo de la habitación mientras recordaba el sabor de Hal en su boca y sus manos en su cuerpo, lo cual la impedía dormir. Al final, se quedó traspuesta.

Un grito la despertó. Se puso en pie de un salto y, sin siquiera detenerse a ponerse la bata, salió corriendo al pasillo y empujó la puerta del dormitorio de Hal.

La tenue luz del pasillo bastaba para iluminar la estancia. Hal, que llevaba unos boxers, se hallaba situado con medio cuerpo fuera de la cama y se aferraba a las sábanas mientras la pierna escayolada se le deslizaba lentamente hacia el suelo.

Kit lo agarró justo a tiempo de evitar que se cayera. Tenía la espalda sudorosa y resbaladiza, lo cual no facilitó que ella lo levantara y lo empujara hasta depositarlo en la cama. Él estaba aún medio dormido, y no la ayudó. Menos mal que ella había reaccionado a toda velocidad y había solucionado el problema. Una caída sobre la pierna rota hubiera retrasado la recuperación varios meses.

Mientras él caía sobre la almohada y la miraba aturdido, Kit le acarició la frente apartándole unos rizos rebeldes.

–¿Estás bien? Me he dado un susto de muerte cuando te he oído gritar.

–Estoy bien –afirmó él, soñoliento, mientras le sonreía–. Gracias. Eres de verdad mi ángel de la guarda. Es de lo más oportuno que me hayas rescatado cuando estaba soñando que te tenía en mis brazos.

Todavía inclinada sobre él, Kit se quedó inmóvil como una estatua. El comentario de Hal le había subido la temperatura varios grados, y, de pronto, se dio cuenta de que lo único que se interponía entre ambos era la fina camiseta que llevaba puesta, una prenda que había comprado en un mercadillo, que no era práctica, pero que le encantaba. Era de tirantes, con un escote que le llegaba justo al comienzo de los senos, y probablemente fuera la prenda más femenina que poseía.

Bajo la camiseta de color azul, estaba desnuda, salvo por las braguitas.

–¡Menudo sueño! ¡Casi te caes de la cama! –replicó ella con voz ronca.

–Pues sí. Si un jurado tuviera que emitir su veredicto, le darían la medalla de oro.

–¿Qué hacías? ¿Luchabas conmigo?

Hal ya no tenía los ojos soñolientos, sino abiertos y bien despiertos. Con un rápido movimiento, la agarró de las muñecas. A Kit le comenzó a latir tan deprisa el corazón a causa de la sorpresa que ni se le pasó por la cabeza soltarse.

–Te hacía el amor apasionadamente, y supongo que los dos nos dejábamos llevar –Hal sonrió burlonamente.

Kit lo miraba fascinada.

–Vaya...

Él contemplaba, excitado, las curvas de sus senos mientras ella se percataba de que el magnífico pecho desnudo masculino se hallaba a escasos centímetros del suyo.

–Te aconsejo que de ahora en adelante tengas sueños menos energéticos, por llamarlos de alguna manera. Sobre todo si ponen en peligro tu salud.

–¿Y si creo que el sueño justifica el riesgo? Recuerda que me gusta arriesgarme.

Sus labios bien dibujados esbozaron una seductora sonrisa, y el calor de su cuerpo se mezcló con la deliciosa colonia que usaba, todo lo cual debilitó gravemente a Kit. Al volver a mirarlo a la cara, todo deseo de actuar con sensatez y marcharse la había abandonado.

–Ya lo sé. Eres famoso por eso: por correr riesgos. En serio, Hal, estoy preocupada. Llevas días sin apenas dirigirme la palabra. ¿Te pasa algo?

–No, no me pasa nada, salvo la frustración que me produce haberme roto la pierna de forma tan estúpida y no ser capaz de valerme.

Kit suspiró aliviada.

–¿Eso es todo? Los huesos se te soldarán y tu frustración desaparecerá en cuanto vuelvas a andar como antes. Y te prometo que, antes de que te des cuenta, este contratiempo se convertirá en un lejano recuerdo.

–Probablemente tengas razón. Pero, hablando de otra clase de frustración, ¿te he dicho lo sexy que estás con esa camiseta? –murmuró él mientras le apartaba los tirantes, que se le deslizaron por los hombros dejando aún más al descubierto su cuerpo–. ¿Tienes idea de lo hermosa que eres? –preguntó con voz ronca mientras le miraba con avidez los senos casi completamente desnudos.

El aire fresco de la noche que entraba por la ventana entreabierta rozó los pezones de Kit y se los endureció. Pero ella sabía que, en realidad, su reacción física no se debía a ninguna causa externa, sino a su deseo por Hal, que tenía la fuerza de una ola tórrida a la que solo podía sucumbir.

–Quiero hacerte el amor, Kit. ¿Me dejas?

–Y... ¿y tu pierna? No quiero que te hagas daño.

Él le puso el dedo en los labios para hacerla callar.

–Estoy seguro de que encontraremos una postura en la que la pierna no corra peligro. Vamos a buscarla. Será una aventura. ¿Te apetece correr una aventura, Kit? Espero que la respuesta sea afirmativa.

Antes de que Kit pudiera contestarle, Hal le acarició el pelo, tiró de ella para colocarla encima de él y le abrasó los labios con besos apasionados que la hicieron gemir y pedir más. Estaba encendida. La sangre estaba a punto de hervirle, y no se resistió cuando él la sentó a horcajadas sobre él con cuidado.

Al hacerlo, ella notó inmediatamente la férrea dureza bajo la seda de los boxers, pero no animó a Hal a poseerla inmediatamente, por mucho que ella lo deseara. No solo quería recibir placer, sino también darlo.

Lo observó durante unos segundos con una sonrisa apreciativa. Henry Treverne era uno de los hombres más guapos que había visto en su vida, y quería aprovechar al máximo el tiempo que estuviera con él, fuera corto o largo.

Suspiró y volvió a inclinarse hacia él. Pero, en vez de besarlo en los labios, le lamió el torso, desde los pezones hasta la línea de suave vello que desaparecía bajo los boxers.

Capítulo 8

SABES lo que me estás haciendo? –masculló Hal mientras ella trazaba círculos en torno a sus pezones con la lengua y después bajaba lentamente hasta el ombligo.

Ella alzó la cabeza y le sonrió inocentemente.

–Espero que sea algo agradable. ¿No te gusta?

–Claro que me gusta. Pero quiero que vuelvas aquí para que te pueda hacer lo mismo.

–Muy bien. Tus deseos son órdenes.

–No digas eso, porque puede que tenga una lista de deseos que te retengan aquí toda la noche y parte de mañana. ¿Qué te parece?

–Empiezo a comprobar que tienes una mente muy creativa. Pero, si alguno de tus deseos no me gusta, me volveré a mi cama.

Hal la miró y tuvo que recurrir a toda su fuerza de voluntad para no gemir ante lo que veía. Con el cabello rojizo cayéndole sobre los senos, le recordaba a Moll Flanders, el personaje de una novela de Defoe. Además de ser increíblemente hermosa, era tremendamente sexy. Cualquier hombre desearía poseerla.

Extendió las manos hacia sus senos y se regodeó en su escaso peso mientras le acariciaba los pezones.

Después, incapaz de resistir la creciente necesidad de conocerla más íntimamente, tomó uno con los labios y lo lamió y chupó hasta que ella gritó y dejó caer la cabeza sobre su pecho. Parecía que su amante había experimentado un alivio espontáneo, y Hal se sintió privilegiado por ser capaz de hacer eso por ella.

Lo complacía que fuera tan sensible. ¿Lo habría sido también con los amantes que hubiera tenido? La idea hizo que sintiera una punzada de celos, pero se negó a que menoscabara su placer.

Sonriendo, acarició los rizos de ella que tenía justo debajo de la barbilla. Cuando Kit alzó la cabeza para mirarlo, tenía las mejillas rojas y en sus ojos azules había una expresión culpable.

—No sé qué decir...

—¿Te ha gustado?

Ella volvió a sonrojarse.

—Sí.

—Entonces, no debes sentirte culpable. No quiero que ninguno de los dos tenga que lamentarse por haber estado juntos de esta manera. Lo cierto es que la atracción mutua que sentimos ha ido aumentando poco a poco, como bien sabes. Y no quiero que te sientas culpable por haber sentido placer. Vas a sentir mucho más, créeme. Aún no hemos terminado. Pero, primero... —señaló con la cabeza un armarito que había junto a la cama—. Creo que necesitaré protección, a menos que tú ya estés protegida.

Kit se incorporó, se colocó las hombreras de la camiseta en su sitio y tiró de ella hacia arriba para cubrirse los senos.

—No tomo la píldora, si te refieres a eso. No he tenido que hacerlo. Por si te interesa, llevo mucho tiempo sin tener relaciones sexuales.

–¿Cuánto?

Ella frunció el ceño.

–La última vez, y la primera, fue cuando me sedujo un hombre que resultó que estaba casado. Y solo fue una vez –se encogió de hombros con pesar–. Fue una estupidez de la que me arrepiento. Menos mal que tuve el suficiente sentido común para asegurarme de que él usara protección.

Hal se quedó sin saber qué decir durante unos segundos. Al fin, preguntó:

–¿Y cuándo fue eso?

–Acababa de cumplir veintiún años y había ido a una discoteca con unos amigos. Allí lo conocí. Fue hace mucho tiempo, como ya te he dicho.

–¿Y desde entonces no has estado con nadie más?

–No.

–¿Por qué no?

–¿De verdad que no lo sabes? Después de esa experiencia, me volví muy precavida con respecto a los hombres. Que aquel me engañara de ese modo hizo que me sintiera sucia. Y no quería volver a sentirme así. Decidí que relacionarme con un hombree no sería mi prioridad, que debía centrarme en vivir mejor. Esa sigue siendo mi prioridad. ¿Te doy un preservativo?

Hal asintió con la cabeza. Estaba dispuesto a profundizar más en su sorprendente confesión en cuanto se le presentara la oportunidad, para saber algo más del canalla que la había engañado y le había robado la virginidad.

–Los encontrarás en el segundo cajón.

En cuanto Kit se lo entregó, él la volvió a atraer hacia su pecho y la reclamó apasionadamente con la boca abierta. Mientras lo hacía le volvió a bajar las hombreras de la camiseta para sentir sus senos de nuevo. Siguió besándola y le puso las manos en las nalgas y le bajó las braguitas hasta donde pudo sin hacerse daño en la pierna.

Aunque estaba más que dispuesto a tomarla, y su deseo era tan intenso que casi le resultaba doloroso, Hal no quiso apresurar las cosas, por lo que se dedicó a explorar el cuerpo de su amante.

Y no le supuso un sacrificio.

Su piel era suave como la seda. Y como la única vez que ella había hecho el amor había sido con un hombre que la había mentido para aprovecharse de ella, Hal deseó con todas sus fuerzas que la experiencia con él fuera inolvidable para Kit, pero por buenas razones. No iba a prometerle algo que no pudiera cumplir, pero deseaba sinceramente ayudarla a olvidar el doloroso episodio que había vivido y sustituirlo por otro más placentero.

Aunque él prefiriera estar encima, era natural, debido a la fractura, que ella estuviera a horcajadas sobre él. Con sus muslos delgados y fuertes apretándolo, su melena rojiza y los senos desnudos, Kit estaba seductora, por lo que él no tuvo reparos en reconocer que aquella postura era la mejor.

Le puso las manos en las caderas. No podía seguir esperando a satisfacer su deseo, y se lo dijo.

–Si no te tomo ahora, creo que voy a volverme loco. Pero me tienes que ayudar a quitarme los boxers –cuando ella lo hubo hecho, añadió–: Ahora te toca a ti.

Con la misma gracia y habilidad con las que le había quitado los boxers, Kit se quitó las braguitas y las tiró al suelo.

Cuando volvió a sentarse sobre él, Hal murmuró:

–Has estado fuera mucho tiempo, cariño –le tomó el rostro entre las manos–. Te he echado de menos.

–Yo también.

Ella se inclinó hacia él y le rozó los labios con los suyos. Hal gimió.

Hal le quitó el envoltorio al preservativo, que seguía teniendo en la mano, y se lo puso en el miembro. Estaba duro como una roca. Kit ahogó un grito. Hal sabía que no le iba a resultar fácil tener en cuenta la inexperiencia de ella tanto como quería y como ella se merecía, y lo lamentaba. Pero su deseo era incontrolable.

En su larga historia de conquistas, nunca había sentido un deseo tan voraz. Al situar el extremo de su masculinidad en la húmeda entrada femenina y penetrar en ella sin más preámbulos, lo abrumó el satinado calor de su interior. No le quedaba más remedio que tomarse las cosas con calma o acabaría antes de haber empezado.

La tensión que Kit pudiera haber experimentado ante la idea de unir su cuerpo al de un hombre al cabo de cinco años de abstinencia sexual desapareció en el momento en que él la penetró. Le pareció como si todo ese tiempo lo hubiera estado esperando. Aunque sus músculos femeninos estuvieran comprensiblemente tensos, dada su inexperiencia, la embestida inicial de Hal no le resultó tan dolorosa como se esperaba. Y su posesión pronto le resultó natural. Además, la pequeña molestia inicial no restó valor al placer inconcebible que experimentaba.

Era como zambullirse en un mar de miel.

Nunca se había sentido tan viva ni tan contenta de ser mujer como en aquellos momentos. Y mientras él seguía embistiéndola una y otra vez, se relajó totalmente y no tuvo reparo alguno en salir al encuentro de su deseo con el suyo propio, por lo que bajó la cabeza para besarle la mandíbula y la frente y morderle el lóbulo de la oreja.

¿Cómo era posible que el cuerpo de un hombre supiera tan bien? No se explicaba cómo había sobrevivido sin semejante intimidad y placer. Le pareció que la sangre le ardía con un fuego cuyas llamas ganaban cada vez más fuerza y altura.

Hal volvió a tomarle el rostro entre las manos para besarla. Sabía lo sensible que era ella a sus caricias, como se había puesto de manifiesto al alcanzar el clímax espontáneamente cuando le había besado los senos.

Mientras volvían a besarse, la sensación que Kit experimentó fue la de cabalgar sobre una ola cuyo destino eran unas cataratas que morían en el mar bañado por el sol. Fue la experiencia más excitante de su vida, tal como la había soñado. El corazón nunca le había latido tan deprisa ni con tanta fuerza.

Se quedó inmóvil, sin aliento, y Hal la abrazó. Sus rítmicas embestidas se hicieron más profundas y decididas. El grito que lanzó al alcanzar el clímax resonó en la habitación.

Al ver que a su amante se le contraía un músculo de la cara, Kit se incorporó con el corazón acelerado de nuevo, aunque por un motivo totalmente distinto.

–¿Estás bien? ¿Me he apoyado demasiado en la pierna y te he hecho daño?

Separó su cuerpo cuidadosamente del de Hal y se tumbó a su lado. Él la apretó contra su pecho y le acarició el pelo.

–Deja de preocuparte por mí. Ha sido maravilloso. Eres fantástica y deliciosa.

–Preocuparme por ti forma parte de mi trabajo.

Él enarcó una ceja en actitud burlona.

–¿Quieres decir que no te preocuparías si no te pagara?

Kit se ruborizó al tiempo que se maldecía por ser incapaz de relajarse y decir lo que realmente quería: que él le importaba más que nadie en el mundo, y que eso la asustaba; que odiaba que él sufriera; y que deseaba poder hacer algo para evitarle el dolor.

–Claro que no. Cuando he visto que contraías el rostro he creído que me había apoyado demasiado en el fémur y que te había hecho daño.

Hal rio, la agarró por la barbilla y la miró a los ojos.

–Debes saber que, gracias a lo que acabamos de hacer, me siento mejor que hace mucho tiempo. Lo digo en serio. Y no solo porque el sexo haya sido estupendo, sino porque eres una mujer verdaderamente compasiva y afectuosa, y me alegro mucho de haberte conocido.

A ella no le resultaba fácil recibir cumplidos, y en ese momento descubrió que aún le resultaba más difícil viniendo de Hal.

–Gracias, eres muy dulce.

Él sonrió.

–¿Dulce? Con sinceridad, nadie me había acusado antes de semejante cosa.

–¿Ni siquiera tu madre cuando eras un niño?

La expresión de Hal se oscureció.

–Mi madre se marchó cuando Sam y yo éramos pequeños. No la recuerdo diciéndome eso ni ninguna otra cosa. ¿Cambiamos de tema?

A Kit le dolió haberle hecho daño sin querer con sus palabras.

–Siento haberlo dicho. No lo sabía.

Hal suspiró.

–¿Cómo ibas a saberlo? ¿Y cómo voy a ofenderme por que hayas sacado un tema que no sabías que me incomodaba? –reflexionó durante unos momentos, pero enseguida volvió a prestar atención a Kit. Sonrió–. Puede que un día te cuente algo más, pero no ahora –la abrazó por la cintura–. Lo único que quiero hacer ahora es abrazarte y olerte. Me encanta el perfume que te has puesto, ¿cómo se llama? Huele muy natural.

–Es natural, soy yo. Nunca he tenido motivos para ponerme perfume al acostarme.

–Y sigues sin tenerlos, cariño. Me encanta que el atractivo olor de tu piel sea tuyo. Quiero quedarme dormido a tu lado, Kit. ¿Te quedas conmigo hasta que amanezca? Por si sirve para convencerte, te prometo que no ronco.

–Aunque lo hicieras, sonreiría y me aguantaría, porque estás como un tren –bromeó ella.

–¿Lo dices en serio?

Ella vio que se sonrojaba.

–Debo reconocer que no es la primera vez que me lo dicen. La prensa sensacionalista lo afirma con monótona regularidad para describirme cuando publica una historia falsa sobre mi relación con una modelo o una actriz. Para serte sincero, es una pesadez. Y hace que me sienta más como un estereotipo que como una persona. Aunque confieso que la descripción suena mucho mejor viniendo de ti.

–Ah...

Kit se puso a la defensiva al saber que la prensa lo describía así con «monótona regularidad». ¿Creía él que lo había dicho porque lo había leído? Eso implicaría que ella no poseía mucho discernimiento.

Recordó que no había estudiado tanto como otras mujeres de su edad, que habían ido a la universidad al acabar la escuela. Era una de las cosas que más lamentaba. En cuanto a la prensa sensacionalista, no la leía. Los titulares más obscenos sobre Hal los había leído en Internet, y no porque los hubiera buscado, sino porque habían aparecido mientras consultaba su correo electrónico.

Pero las palabras de Hal también le recordaron que él sí había ido a la universidad y que descendía de aristócratas. El alma se la cayó a los pies.

Si por haber hecho el amor con él se había creído la fantasía de que podían tener una relación de verdad, más le valía olvidarse de ella lo antes posible. ¿No se había prometido a sí misma no recorrer el mismo camino destructivo que su madre? Ya se había equivocado una vez al confiar en un hombre.

Hal Treverne estaba destinado a casarse con una

mujer de su clase social, no con alguien como ella, una mujer de clase trabajadora cuyo padre era un gitano rumano que había abandonado a su madre al saber que estaba embarazada. Antes o después, Hal se daría cuenta de que ella no pertenecía a su medio social, y lamentaría que se hubieran acostado.

La idea de que, con el tiempo, él dejara de creer que la intimidad que habían compartido era algo especial estuvo a punto de hacerla llorar.

Como de repente se había quedado callada, Hal, preocupado, la miró.

–¿Qué te pasa? Estás muy callada.

Mientras intentaba colocarse la camiseta en su sitio para cubrirse, Kit sonrió con timidez.

–Creo que no voy a pasar la noche contigo. Tengo que levantarme temprano para hacer algunas cosas.

–¿Qué cosas?

–Tengo que hacer la lista de la compra y decidir lo que vamos a comer.

–Si eso implica que no puedas pasar la noche conmigo, pediremos que nos traigan la comida a casa. ¿No te dijo mi hermana que tu máxima prioridad debía ser satisfacer mis necesidades?

–Tú eres mi prioridad, desde luego, pero...

–No me gusta ese «pero» –Hal la interrumpió enfadado.

–Probablemente esto no haya sido una buena idea.

–¿Quieres decir que lo lamentas? –preguntó él. La expresión se le había alterado perceptiblemente.

Ella se sonrojó.

–No, no lo lamento. Pero tal vez dificulte nuestra relación diaria. Todavía pasará un tiempo hasta que vuelvas a andar sin ayuda y, como dices, tus necesidades son prioritarias. Tal vez fuera mejor que te pusieras en contacto con la agencia y solicitaras a otra persona, alguien que sea más imparcial de lo que yo soy ahora.

—Ya basta. Deja de decir tonterías.

La miró con cara de pocos amigos, y a ella, alarmada, se le aceleró el pulso.

—Te he prometido que nada de lo que pase entre nosotros pondrá en peligro tu puesto, y lo he dicho en serio. Si crees que he cambiado de opinión, estás mal de la cabeza. Que te desee no significa que haya dejado de necesitar tu ayuda. Y no quiero a nadie de la agencia. Te quiero a ti.

—Eso está muy bien, Hal, pero trato de pensar en lo que más te conviene. ¿No te das cuenta?

—¿Y tú, Kit? ¿De verdad crees que lo que más te conviene es dejarme en la estacada sin tener otro empleo a la vista, después de haberme prometido que te quedarías conmigo hasta que pudiera volver a andar?

Al percibir la sinceridad de la voz de Hal, al igual que su miedo a que ella se fuera, Kit se sintió aliviada.

Él quería que se quedara. Y tenía razón: se lo había prometido. Y no tenía otro empleo en perspectiva, por lo que abandonar a Hal le haría tanto daño a él como a ella.

Sabía que debía quedarse si quería conservar su buena reputación en la agencia, por lo que se resignó a hacerlo.

En cuanto a la relación con Hal, no esperaba de él nada salvo su agradecimiento y respeto cuando el trabajo hubiera concluido, y, con el tiempo, se olvidaría de su atracción por él. Para llevar la vida a la que aspiraba y comprarse el piso para el que estaba ahorrando, cuanto antes se olvidara de él, mejor para ella.

–Muy bien. No hay duda de que tienes razón. Tengo que acabar el trabajo, aunque me he decepcionado a mí misma al saltarme una de mis reglas: no tener una relación personal con un cliente. Para continuar haciendo bien mi trabajo, no puede repetirse lo que ha sucedido esta noche. No puedo arriesgarme.

Capítulo 9

HAL la miró con incredulidad. ¿Realmente iba a fingir que lo que acababan de compartir no había sucedido? Parecía que sí. Ya estaba levantándose, le daba la espalda y se estiraba la camiseta como para ocultarse, como si le diera vergüenza haber sucumbido a su apasionada unión.

Hal no podía soportar que la única razón por la hubiera accedido a quedarse fuera para cumplir el contrato con la agencia, no por deferencia hacia él.

Se sentó en la cama y le espetó:

—¿Me he engañado al creer que lo que acabamos de hacer significa algo para ti, aparte de satisfacer una necesidad básica?

Ella volvió la cabeza. Estaba muy pálida.

—No he dicho que no significara nada, sino que no puede volver a suceder. Y lo sabes. Soy realista, y esta curva cerrada que acabamos de tomar solo puede desembocar en un callejón sin salida. Te darás cuenta cuando vuelvas a andar, y te alegrarás de que no hayamos ido más allá.

—¿Así que, de ahora en adelante, vas a desempeñar el papel de fría enfermera y no el de mi amante? —preguntó él en un tono que traslucía ira y resentimiento—. Yo sé cuál prefiero, y no es el de enfermera.

Ella lo miró angustiada.

–Tengo la intención de cumplir mi obligación con la agencia y contigo –afirmó ella sin dejar de retorcerse las manos, lo cual confirmó a Hal que sus palabras la habían herido–. No voy a decir nada más. Te dejo descansar. Estoy muy fatigada y necesito dormir. Seguro que tú también lo estás, así que buenas noches.

Se inclinó para recoger las braguitas que había tirado al suelo y, mientras la observaba, Hal sintió que su resentimiento se transformaba en espinas que se le clavaban en el estómago. Estaba harto de que lo abandonaran.

El abandono se había convertido en una pauta aniquiladora en su vida. Había empezado con su madre y había seguido con su padre, que nunca estaría orgulloso de él con independencia de lo que hiciera o lograra. Ni siquiera se había olvidado por unos momentos de la opinión negativa que tenía de su hijo y había ido a visitarlo al hospital después del accidente.

Y había llegado el turno de Kit, la mujer que más lo había atraído en su vida, y que ya le daba la espalda.

Apretó los dientes y se apartó el cabello de la frente, antes de decir con mordacidad:

–Te llamaré si te necesito. Yo en tu lugar dejaría la puerta de la habitación abierta, por si no me oyes. Sería una mancha para tu historial en la agencia que me cayera de la cama y me volviera a hacer daño, ¿no te parece?

Con las mejillas rojas, Kit dijo en voz baja:

–Te doy mi palabra de que no consentiré que te ocurra algo así. Y no solo por proteger mi historial, sino porque me importa lo que te pase.

–¿En serio?

–Sí. Dejaré la puerta entreabierta para oírte en el caso de que me necesites.

–Te necesito ahora, pero parece que te da igual. Si yo te importara, te quedarías a pasar la noche conmigo, como te he pedido.

Creyó ver en sus ojos azules un destello de arrepentimiento, y en su corazón renació la esperanza de que ella cambiara de opinión. Pero Kit se dirigió a la puerta y salió dejándola entreabierta.

–¡Maldita sea! –exclamó él dejándose caer sobre la almohada y dando rienda suelta a su ira y frustración.

Pasó una noche terrible, en la que apenas durmió un par de horas. Por eso, cuando a la mañana siguiente llegó en la silla de ruedas a la cocina en busca de Kit y de un café, algo que realmente necesitaba, no estaba predispuesto a ser amable ni a avenirse a razones.

Tampoco iba a perdonar fácilmente a Kit por no haber aceptado su invitación a quedarse con él la noche anterior, aunque posteriormente pensó que era mejor que no lo hubiera hecho. Nunca había invitado a ninguna de sus parejas a pasar la noche con él, por lo que no debía ser diferente con Kit, por mucho que la deseara.

Tampoco iba a demostrarle que se sintiera molesto porque hubiera rechazado la invitación. Si ella intuía que la necesitaba más de lo que él daba a entender, Hal se sentiría vulnerable, algo que quería evitar a toda costa.

Cuando algo le preocupaba, solía hacer ejercicio, correr o montar en bicicleta, para reflexionar sobre lo que debía hacer. Como esa salida le estaba vedada, la sensación de que estaba prisionero entre los muros de su vivienda se añadió al ya considerable estrés al que se hallaba sometido. Deseaba salir, llenarse los pulmones de aire fresco y volver a respirar con libertad.

Kit estaba al lado de una de las encimeras esperando a que hirviera el agua en el hervidor. Su hermoso cabello estaba peinado en dos trenzas, llevaba unos vaqueros y una camisa blanca tipo túnica y, como no iba maquillada, a Hal le pareció una colegiala.

A pesar de su irritación, el corazón se le detuvo al contemplarla. Aunque estuviera enfadado con ella, no la deseaba menos. La sangre le corría a toda velocidad por las venas, y la idea de que no volvería a acostarse con ella lo amargó aún más.

—Buenos días —masculló sin mirarla mientras se situaba frente a la mesa.

—Iba a llevarte café y tostadas y a ayudarte a vestirte.

Se calló y suspiró, y él no pudo evitar levantar la cabeza para ver su expresión.

—Pero veo que lo has hecho sin mí —concluyó ella.

—No soy un inútil —contestó él con aspereza.

Cuál no sería su sorpresa al ver que ella sonreía, una reacción que no se esperaba.

–¿Qué te hace tanta gracia? –preguntó, furioso al pensar que se estaba burlando de él.

La sonrisa de Kit se esfumó.

–Te has puesto el jersey del revés.

Hal miró hacia abajo y comprobó que tenía razón. Masculló un improperio y se sacó la prenda por la cabeza. Desnudo de cintura para arriba, se enredó con una manga mientras intentaba quitarse el jersey del todo, lo cual supuso un ataque a su dignidad.

Kit reaccionó al instante.

–Deja que te ayude.

Le quitó el jersey con cuidado, se lo puso del derecho y se lo metió por la cabeza. Cuando hubo acabado de ponérselo, tiró de él hacia abajo como si Hal fuera un niño. El corazón de Hal latía a toda velocidad. Le resultaba insoportable tenerla tan cerca y no poder sentársela en el regazo y abrazarla.

–¡Ya está bien! ¿Cuántos años crees que tengo? ¿Tres? Si quieres hacer algo útil, prepárame el café y las tostadas.

–Eso es lo que pretendo. Pero no estaría de más que me dieras las gracias por ayudarte. Aunque mi madre no tuviera estudios ni pudiera pagármelos, siempre insistía en que tuviera buenos modales. Creo que los modales dicen mucho de una persona.

Sus palabras impidieron que Hal le contestara con brusquedad o displicencia.

–¿Lamentas haber tenido que dejar de estudiar y no haber tenido una mejor educación?

Ella, con las mejillas encendidas, se puso en jarras.

–Depende de lo que entiendas por «mejor educación». Aunque no haya ido a la universidad ni estudiado una carrera, no soy estúpida. He aprendido mucho hasta llegar a ser adulta; entre otras cosas, a saber lo que me conviene y la importancia de tomar decisiones acertadas. He aprendido que no tomarlas te hace sufrir. Hay muchas cosas importantes en la vida que una educación cara y privilegiada no puede comprar.

−¿Sugieres que he recibido una educación de ese tipo?

Ella se sonrojó aún más.

−Está documentado que ha sido así. ¿Acaso no es verdad?

−Lo es, he recibido una educación cara y privilegiada. También nací en una cuna de oro. ¿Acaso eso me convierte en una mala persona?, ¿alguien a quien no merece la pena conocer? Aunque haya tenido ventajas materiales a las que la mayoría aspira, no me han servido para no tener que enfrentarme a los problemas que todos tenemos como seres humanos.

Al acabar el corto discurso, Hal se sorprendió al percibir que el corazón se le había desbocado. Se dio cuenta del resentimiento y el dolor que llevaba años albergando porque se considerara que lo tenía todo, lo cual daba a entender que no comprendía lo que era tener que vivir sin determinadas cosas, por lo que su opinión no contaba.

Eso no era cierto. Sabía lo que era tener que prescindir de determinadas cosas. En su opinión, algo fundamental e imprescindible en la vida de un ser humano era ser querido. Pero, aparte del amor de su hermana, se había visto privado del de los demás.

–Me dijiste que me contarías más sobre tu madre y el hecho de que os abandonara. ¿Te referías a eso al hablar de los problemas de la vida?

Era extraordinaria la habilidad que Kit poseía para ir directa al grano y al fondo de las cosas.

Hal se acarició la barbilla mientras negaba con la cabeza.

–No quiero hablar de eso. Puede que, si hubieras pasado la noche conmigo, te lo hubiera contado. Lo que quiero ahora es desayunar y, después, quiero salir a la calle.

–Siento que no quieras hablarme del pasado, me refiero a tu madre, pero lo entiendo. Crees que te he fallado por no pasar la noche contigo. Tal vez incluso pienses que fue una decisión fácil para mí. Pues te aseguro que no, que solo trataba de hacer lo más conveniente para los dos. Da igual. Dices que quieres salir, ¿adónde quieres ir?

A Hal no le pasó por alto que la voz se le había quebrado, pero que trataba de disimular para demostrarle que no le importaba que no quisiera hablarle del abandono de su madre.

Se encogió de hombros, aunque estaba deseando contarle todo.

–Me da igual. Todo lo que no sea estar aquí me vale como punto de partida. Si pudiera, iría a correr o incluso a caminar. Como no puedo, dejo que seas tú la que lo decida. Tengo la impresión de estar metido en una jaula, y lo odio.

Kit se echó una trenza por detrás del hombro y le sonrió. Ver su sonrisa fue para él como ver salir el sol en un día nublado y gris.

–Pues no hay ninguna necesidad de que sigas aquí sintiéndote prisionero. Salgamos a tomar el aire. Voy a pensar adónde vamos mientras te preparo el desayuno.

La determinación de Kit de mantenerse alejada física y emocionalmente de Hal se puso a prueba esa mañana.

En cuanto lo vio entrar en la cocina, supo que no había dormido mucho. Estaba demacrado y ojeroso, y ella se sintió culpable de ser la causa por no haberse quedado a dormir con él. Ella tampoco había dormido por el mismo motivo.

Y cuando él trató de ponerse el jersey del derecho, al verle el pecho y los hombros recordó lo increíble que había sido hacer el amor con él. Estaba convencida de que el acto de pasión que habían compartido no solo había sido irresistible, sino también necesario.

De todos modos, no hacía falta que nada se lo recordara. El cuerpo aún le dolía y cosquilleaba por las ardientes atenciones de Hal, y anhelaba compartir con él el amor que había despertado en ella.

No se consideraba especialmente atractiva ni sensual, pero él había conseguido que se sintiera las dos cosas, por lo que se hallaba ante el dilema de seguir los dictados de su corazón o los de su fino instinto de conservación.

Pensando en que Hal quería salir, tuvo una idea. Cuando él estaba acabando de desayunar, le dijo:

–Ya he pensado adónde podemos ir.

—¿Ah, sí?

Hal lanzó la servilleta sobre la mesa. No parecía interesarle lo más mínimo. Se lo veía un poco desesperado, lo cual aumentó el deseo de Kit de animarlo. Le explicó el plan que se le había ocurrido.

—Sí. Recogeré las cosas del desayuno y saldremos. Vamos a necesitar las chaquetas y las bufandas porque parece que hace frío —afirmó mirando por la ventana el cielo cubierto y las hojas volando impulsadas por el viento—. ¿Quieres leer el periódico mientras pongo el lavaplatos? Estaba en el felpudo esta mañana.

—Me parece bien.

Hal, con aire resignado, apenas la miró, como si hubiera decidido no mostrarse amistoso.

Ella pensó que lo mejor sería salir cuanto antes. Les vendría bien despejarse después de la mala noche pasada.

Cuando Kit hubo acabado las tareas domésticas, se acercó a Hal y le quitó el periódico de las manos sin pedirle permiso.

—¡Eh! ¿Qué haces?

—Has dicho que querías salir. Podrás leerlo cuando volvamos.

Lo dobló y lo dejó en la mesa. Después, dirigió la silla hacia la puerta.

Hal comentó con ironía:

—Estaba leyendo un interesante artículo sobre gente que ha perdido el empleo, sobre todo mujeres. Parece que es un grave problema.

—¿En serio? No creo que lo siga siendo mucho tiempo, gracias al ingenio y a los recursos de las mu-

jeres. Se nos da muy bien hacer frente a los problemas y evitar situaciones complicadas, debido a los si-
glos que llevamos cuidando a hombres que no son ni
tan ingeniosos ni están tan llenos de recursos.

–¿No te han dicho que deberías dedicarte al teatro?
Ella sonrió.

–No, pero lo tendré en cuenta si alguna vez me
veo en el paro. Estoy dispuesta a hacer cualquier tipo
de trabajo, si es necesario.

Los hombros de él se tensaron. Era evidente que
lo molestaba que ella ganara las batallas dialécticas.

–¿Vamos a ir en coche? –preguntó cambiando há-
bilmente de tema.

–No. Voy a llevarte en la silla.

–Me parece que no –se volvió y la miró de forma
intimidatoria, pero ella no se inmutó–. Si no vamos
en coche, agarraré las muletas y caminaré.

–No, hoy no.

Al llegar al final del pasillo, donde estaba el perchero, ella tomó la chaqueta de ante de Hal y se la
dio.

–Quiero que salgas a tomar el aire, pero vamos
muy lejos para que lleves las muletas. Por cierto,
¿tienes bufanda? No quiero que te enfríes.

–Te lo advierto, Kit, si continúas tratándome como
a un imbécil, llamaré a un taxi, me iré donde quiera y
no te diré a qué hora voy a volver, por lo que tendrás
que quedarte aquí sola y analizar en qué momento te
has pasado de la raya conmigo.

Kit no había visto en su vida a un hombre tan ado-
rable cuando se enfadaba, pero Hal Treverne era adora-
ble con independencia de su estado de ánimo. Sin em-

bargo, no creyó que fuera el momento adecuado para decírselo. Estaba enfadado porque no podía desplazarse con la facilidad de antes, lo cual lo hacía sentir vulnerable.

A ella le resultaba fácil ponerse en su lugar, ya que con frecuencia había experimentado la misma aterradora sensación de vulnerabilidad, sobre todo cuando vivía con su madre y temía perder el control de la vida de ambas.

—No quiero que te enfades conmigo —dijo ella.

Sin pensarlo, le revolvió el cabello. Al ir a retirar la mano, él la agarró de la muñeca con fuerza.

—Entonces, no creas que eres quien manda aquí, porque no es así.

Kit observó que sus ojos ya no brillaban de furia, sino de algo más perturbador. Al mirarlo le pareció que se introducía en una cuba de miel caliente.

—Dame un beso —murmuró él con voz ronca—. Solo uno y te dejaré llevarme donde quieras en esta maldita silla.

—Te he dicho que no puedo volver a hacerlo —apuntó ella en tono poco convincente incluso para sí misma.

Él frunció el ceño con expresión burlona.

—En mi gramática no existe la expresión «no puedo», cariño.

—Creo que la encontrarás, si la buscas. En la mayoría de ellas, existe. Tal vez tengas que poner al día la tuya —afirmó ella.

El corazón le golpeaba el pecho porque sabía que en aquella situación no iba a ganarle.

—Eres demasiado inteligente. Cállate y déjame besarte.

Tiró de ella hacia sí y la besó. Ella ahogó un grito y dejó que conquistara su boca sin ofrecer resistencia cuando le introdujo la lengua y le tomó el rostro entre las manos. El placer que experimentó fue indescriptible.

¿Cómo iba a mantener su propósito de no volver a tener relaciones íntimas con él? Hal se le había introducido en la sangre como una fiebre imposible de bajar. Y supo que se estaba volviendo adicta a él. Más aún, se dio cuenta de que estaba profundamente enamorada. La idea la sorprendió y la desesperó a la vez. A pesar de su promesa de no hacerlo, parecía estar decidida a repetir las locuras de su madre.

–Tenemos que irnos –murmuró.

Con paso vacilante, se separó de él, agarró su chaqueta del perchero y se puso una bufanda. Hal se estaba abotonando la chaqueta con expresión desconcertada.

–Ese beso ha sido como tomarse un vasito de whisky antes de salir de expedición al frío –afirmó sonriendo–. No te aseguro que no quiera otro cuando volvamos. Adelante, capitán.

La saludó militarmente de modo encantador, y Kit, desarmada, no quiso discutir con él.

Capítulo 10

HACÍA un viento frío e implacable. Mientras Kit empujaba la silla de ruedas por los senderos asfaltados del parque, pensó que Hal tendría frío al no poder moverse. Aunque a él no le hubiera hecho ninguna gracia, debería haber llevado una mantita para envolverlo en ella.

Como si le hubiera leído el pensamiento, Hal comentó:

—Hace más frío aquí que escalando un glaciar. No me entusiasma esta expedición, Kit.

—No es una expedición. Pretendía que fuera un agradable paseo. Sé que hace frío, pero al menos estamos respirando aire fresco. Hay un café al otro lado del parque. Pronto iremos para allá, pero, antes, creo que deberías hacer algo de ejercicio, ¿no te parece?

Hal tensó los hombros mientras se volvía a mirarla.

—No tiene ninguna gracia.

—No me estoy burlando de ti, Hal —Kit tragó saliva—. Solo quiero que sepas que, aunque no puedas desplazarte como haces normalmente, puedes divertirte.

—¿A esto le llamas divertirse?

—Todo puede ser divertido con la actitud adecuada. ¿Qué te parece esto, por ejemplo? Agárrate.

Kit respiró hondo y comenzó a correr a toda velocidad por el sendero. Por suerte, el parque estaba casi vacío, el sendero era ancho, y solo se cruzaron con un anciano paseando el perro. Ella soltó una carcajada, llena de una alegría que rara vez experimentaba. Descubrir lo liberador que era ir en contra de lo que la gente esperaba despertó en ella el deseo de hacerlo más a menudo.

Al principio, Hal permaneció callado ante su descabellada idea, pero mientras ella lo seguía empujando a toda velocidad, le gritó:

–¿Sabes que estás loca, Kit?

–¿Te diviertes? –le preguntó ella, también a gritos.

–Claro que sí. ¿No puedes ir más deprisa?

Kit cumplió su promesa y, tras haber llegado al otro lado del parque, sin resuello y con las mejillas encendidas, llevó a Hal al café. Eligieron una mesa con preciosas vistas al lago. Por fin había salido el sol, y el agua brillaba bajo sus rayos.

Kit agarró la taza de café con ambas manos y observó con alegría el buen color del hermoso rostro de Hal.

–¿Tienes ahora más calor? –le preguntó con una sonrisa.

–Me siento como si hubiera corrido el maratón. Bueno, medio maratón. Tenías razón: ha sido muy divertido.

–Me alegro. Yo también me lo he pasado bien. ¿Qué tal está el bizcocho de frutas?

Hal negó con la cabeza mientras devolvía la rebanada al plato después de darle un mordisco.

–Ni la mitad de bueno que el tuyo. Le daría un seis sobre diez.

–¿Y al mío?

–No está bien buscar el elogio –dijo él en voz baja–. Pero de todos modos te lo diré. Le daría un diez. No te encuentro defecto alguno.

–Estamos hablando de mi bizcocho, ¿verdad?

Hal le tomó la mano inclinándose sobre la mesa y se la llevó a los labios.

–La verdad es que me aturdes, Kit, y que, cuando te miro, no distingo bien la línea que separa la fantasía de la realidad.

Lo decía en serio. Su presencia le era cada vez más necesaria para sentirse bien, y no solo porque hubiera entrado en su vida cuando más la necesitaba. Al mirarla a los ojos, el corazón le latió más deprisa.

Había escalado montañas y navegado por ríos enfurecidos en busca de emociones. Había llevado a cantantes a la cima de su carrera porque creyó en ellos cuando nadie lo hacía, cuando nadie quería arriesgarse a apoyar a un desconocido. Pero nada de lo que había hecho o conseguido en la vida superaba lo que sentía cuando estaba cerca de Kit.

¡No era de extrañar que se sintiera aturdido!

Kit se sonrojó ante sus palabras.

–Probablemente haya sido el aire fresco y la velocidad a la que he empujado la silla lo que te ha dejado un poco aturdido –dijo ella bromeando, como si no estuviera dispuesta a creerse lo que le acababa de decir.

Había otra joven pareja en el café, y cuando Hal tomó la mano de Kit y se la besó, vio que la chica le sonreía como si de pronto hubiera ingresado en un exclusivo y prestigioso club. Se sintió bien. De pronto dejó de importarle que la gente lo viera con Kit y que se imaginara que eran pareja. De hecho, esperaba que lo hiciera. Su hermana Sam no cabría en sí de gozo solo por el hecho de que aceptara la idea.

—¿Quieres contarme algo más de tu relación con ese hombre casado? —había sentido la repentina necesidad de saber más.

—De acuerdo.

Aunque era evidente que la pregunta la había desconcertado, Hal se alegró de que no evitara contestarla.

—Te dije que fue el día en que cumplí veintiún años y que mis amigos me habían llevado a una discoteca. Había un restaurante en el piso de arriba, donde cenamos. Él era uno de los camareros. Fue muy atento con todos, pero especialmente conmigo. Cuando acabó su turno, vino a buscarme. Yo había bebido demasiado con el propósito de animarme, porque cumplir veintiuno y no tener a nadie que me importara en la vida salvo mi madre me resultaba deprimente. Así que, cuando se ofreció a llevarme a casa, accedí.

»Me ayudó a entrar en casa. Comenzó a besarme. Debí haberlo parado, pero estaba borracha y no sabía lo que hacía. Como una estúpida le dije que tenía que tumbarme, y me llevó a la cama —Kit hizo una mueca mientras negaba con la cabeza—. En resumen, tuvimos sexo y, después, justo antes de marcharse, me dijo que estaba casado. Y pareció muy contento al decírmelo. Fin de la historia.

—¿Y no lo denunciaste a la policía?

–¿Por qué? Se limitó a tomar lo que creyó que le ofrecía. Fue culpa mía. Hice todo lo que no debía. Bebí mucho y dejé que un desconocido me llevara a casa. Lo único sensato que hice aquella noche fue insistir en que usara protección. Por suerte, la llevaba con él. Era evidente que no era la primera vez que se aprovechaba de una mujer.

Lo miró a los ojos sin vacilar.

–Te preguntarás por qué me comporté de forma tan estúpida. La verdad es que esa noche bajé la guardia porque me halagaron sus atenciones. A todos nos gusta que a veces nos admiren. Esa fue la causa de esta triste historia: la humana necesidad de que alguien se fije en ti.

–Pero dejaste que te arrebatara la virginidad, y eso es lo más triste de todo. Ojalá se la hubieras entregado a alguien que la considerara el regalo más valioso que una mujer puede hacer a un hombre.

–Estoy de acuerdo –se quedó callada durante unos segundos–. Ahora que te he contado mi historia, ¿me hablas de tu madre, Hal?

Aunque el tema le resultaba doloroso, no podía seguir evitándolo más tiempo si quería que la relación con Kit progresara. De pronto, le pareció fundamental que ella confiara en él, sobre todo después de lo que acababa de contarle, y para conseguirlo debía tener el valor de hablarle del pasado. Tal vez eso abriera la posibilidad de que hubiera una relación de verdad entre ambos. Al menos tenía que intentarlo.

Mirándola a los ojos, le sonrió. ¿Tendría el valor de ser lo suficientemente vulnerable para confesarle que su pasado era una ruina?

–Muy bien, te hablaré de ella.

Kit se soltó de su mano y se recostó en la silla.

–Mi madre era muy guapa. Su atractivo aspecto atraía a los hombres como la miel a las moscas. Mi padre es un rico hacendado, y aunque estaba loco por ella desde que se conocieron y le pidió que se casaran, para él lo más importante eran sus tierras. A ella no parecía importarle. Le encantaba que fuera hacendado y que fuera rico, pero no entendía por qué trabajaba cuando no lo necesitaba en absoluto. Si se hubiera molestado en averiguarlo, se hubiera enterado de que cuidar de sus propiedades y de la gente que trabajaba para él era motivo de orgullo para su marido.

»La hacienda había pertenecido a su familia desde el siglo XVI, y mi padre no estaba dispuesto a ser quien la arruinara. Las asociaciones caritativas a las que apoyaba también eran muy importantes para él, y esperaba que mi madre colaborara con ellas organizando eventos y recolectando dinero.

»La animó a establecer buenas relaciones con los trabajadores de la finca. En resumen, mi padre creía que mi madre necesitaba algo que hacer, al menos hasta que tuvieran hijos. Cuando se conocieron, ella era relaciones públicas, pero no le interesaba demasiado el trabajo. Y resultó que tenía sus propias ideas sobre lo que debía hacer la señora de la casa, y cuando se fue a vivir con mi padre se vio que no era mucho.

»No soportaba la vida aislada en el campo. Era una chica de ciudad que detestaba estar sola cuando mi padre se dedicaba a los asuntos de la finca. Era una mujer que exigía atención las veinticuatro horas del día. En un momento de sinceridad, mi padre me dijo que había esperado que al tenernos a Sam y a mí se centrara un poco y aceptara su suerte. Pero, en lugar de dedicarse a la familia, su inquietud fue aumentando y comenzó a tener aventuras amorosas.

Hal hizo una mueca y negó con la cabeza.

—Al principio, mi padre fingió no darse cuenta, con la esperanza de que se cansara de su comportamiento y valorara lo que tenía en casa: dos hijos que la adoraban y un marido que la quería lo suficiente para perdonarla.

Hal carraspeó y dio un sorbo de café mientras se fijaba en la expresión pensativa de Kit y trataba de averiguar lo que pensaba de su madre infiel y de su padre, paciente en exceso, que nunca había abandonado la esperanza de que su esposa reconociera sus errores y se contentara con ser su pareja y la madre de sus hijos.

—Por desgracia, ella no cambió. Cuando Sam y yo teníamos nueve y siete años respectivamente, se marchó a vivir a Venecia con un conde italiano. No volvimos a saber de ella, a pesar de que mi padre la escribía regularmente y le decía lo mucho que mi hermana y yo la echábamos de menos.

Volvió a carraspear y a beber café.

—Hace unos seis años, justo cuando comenzaba a hacerme un nombre en la industria musical, las autoridades italianas notificaron a mi padre que se había matado en un accidente de tráfico. El hijo del conde, de veintiún años, iba conduciendo, y también murió. En Venecia se sabía que tenía una relación con mi madre. Una bonita historia, ¿no te parece?

–Es muy triste para todos vosotros –afirmó Kit, que se había puesto un poco pálida–. ¿Quién se ocupó de tu hermana y de ti cuando ella se marchó?

Él hizo una mueca.

–Una serie de niñeras poco competentes. Tal vez una o dos hubieran podido quedarse, pero a mi padre ninguna le pareció lo suficientemente buena para cuidar a sus hijos. Siempre les encontraba defectos. La verdad es que, gracias a mi madre, había empezado a creer que las mujeres eran inconstantes y que no se podía confiar en ellas. En cuanto Sam y yo tuvimos edad suficiente, nos mandó a un internado.

Dio otro trago de café, que ya se le había quedado frío.

–Mi padre y yo podríamos tener mejores relaciones, pero él no entendió por qué quise marcharme y tener una profesión cuando acabaría heredando la hacienda y su título. Sigue sin comprender mis razones de querer ser independiente, y tampoco entiende por qué pongo en peligro mi vida, de forma temeraria según él, practicando deportes de riesgo.

Kit frunció el ceño.

–¿Por eso no fue a verte al hospital después del accidente? Me dijiste que te había mandado un correo electrónico en el que decía que «el orgullo precede a la caída».

A Hal le hubiera sorprendido que otra mujer que no fuera Kit recordara ese detalle.

–El caso es que tenía razón. Solo accedí a apostar de forma estúpida con Ridgen porque tenía que demostrarle que era mejor que él. A veces me puede el orgullo, y dejo de razonar y de actuar con cordura.

Golpeó la escayola con los nudillos.

–Esta lesión lo demuestra. Pero mi padre también es orgulloso, demasiado para reconocer que a veces se equivoca. ¡Debía haber venido a verme al hospital!

Kit le sonrió tiernamente y asintió.

–Así es. Pero puede que no estuviera seguro de cómo ibas a reaccionar, de si sería bien recibido o no, debido a los desacuerdos y a la tensión existentes entre vosotros. Cuando llevas mucho tiempo sin ver a alguien, es fácil creer que lo conoces tan bien que puedes predecir su reacción cuando vuelvas a verlo. No tienes en cuenta que puede haber cambiado a mejor. ¿Cuándo fue la última vez que viste a tu padre?

Hal sintió calor en las mejillas antes de responder.

–No sé... Hace meses, supongo. Sé que no está bien, pero estoy muy ocupado. Además, estoy harto de que me critique cada vez que hablamos.

Kit se inclinó hacia él y le puso la mano sobre la suya. Sus ojos eran tan cautivadores que Hal olvidó momentáneamente a su padre. Era como mirar un lago sereno.

–¿No te gustaría ir a verlo? Si él no viene, tal vez debieras ir tú.

Desde que había tenido el accidente, su padre no había dado muestras de que le importara. Hal sabía que el resentimiento que experimentaba empeoraría si no hacía algo al respecto. La sugerencia de Kit de que fuera a ver a su padre era tan sensata que no pudo desecharla.

Al haber revivido las tensiones del pasado con ella,

sintió de repente la necesidad de reconciliarse con su padre. Haber perdido a un progenitor ya era lo bastante doloroso como para consentir que la relación con el otro se deteriorara hasta el punto de ni siquiera hablar con él.

–Tu intuición me ha vuelto a dejar sin palabras, Kit. Tienes razón: debo ir a verlo. Es una locura haberlo ido retrasando hasta ahora. ¿Me llevarás en coche?

Ella retiró la mano de la suya y frunció el ceño.

–Por supuesto, pero ¿dónde vive?

–En Hertfordshire.

–¿Y cuándo quieres ir?

–Hoy mismo, antes de que me ponga a pensar en ello y cambie de opinión.

–¿No deberías llamar a tu padre antes para comprobar que está en casa?

Hal sonrió de oreja a oreja, como si fuera un niño.

–Probablemente, pero no voy a hacerlo. Prefiero darle una sorpresa. Aunque no esté en casa, el ama de llaves nos dejará entrar. Mi padre volverá en algún momento. Por cierto, tienes que hacer el equipaje para pasar una noche fuera. Ya es demasiado tarde para ir y volver en el mismo día.

Kit asintió.

–Si eso es lo que quieres, iremos hoy. Pero, en primer lugar, debes descansar un poco. Saldremos después.

–Descansaré en el coche –dijo él.

Se sorprendió de su entusiasmo repentino por reconciliarse con su padre. Estaría bien volver a ver la casa en que se había criado, Falteringham House, la propiedad de los Treverne, que era maravillosa. La echaba de menos. Pero lo que más deseaba era que Kit viera la casa y la finca.

–Vamos, enfermera –le dijo sonriendo–. Pongámonos en marcha.

Kit hizo el equipaje deprisa. Se le daba bien, ya que llevaba años yendo de un sitio para otro por motivos de trabajo.

Cuando salió de su habitación y vio que Hal la esperaba pacientemente apoyado en las muletas, con una bolsa de viaje a sus pies, le sonrió.

–¡Qué rapidez! Ya veo que estás listo. Me disponía a ir a ayudarte.

–No hace falta. Suelo tener que tomar un avión sin previo aviso, por lo que siempre tengo la bolsa de viaje preparada. Veo que te has cambiado de peinado. Me gusta. Las trenzas eran bonitas, pero me gustas más con el pelo suelto.

Tras haber cambiado los pantalones vaqueros por otros negros y elegantes, y la camisa por un jersey gris, Kit se había desecho las trenzas y dejado que la melena le cayera libremente sobre los hombros, lo cual le dio seguridad en sí misma, de la que estaba muy necesitada. Si el cabello, una de las cosas más hermosas que tenía, no se la proporcionaba, ¿qué otra cosa lo haría?

La perspectiva de conocer al padre de Hal y de visitar su ancestral hogar la sobrecogía, aunque estaba convencida de que eliminaría de una vez por todas cualquier absurda esperanza que albergara en secreto de que Hal y ella tuvieran futuro como pareja. Era mejor que recordara que, si seguía trabajando, pronto tendría la casa propia que anhelaba. Y no debería depender de un hombre, por muy enamorada que estuviese de él.

Estaba anocheciendo cuando llegaron al final de un largo sendero bordeado de pinos y se detuvieron ante la casa solariega en la que Hal se había criado.

Era un edificio imponente. Las ventanas isabelinas y las torrecillas de piedra la hacían parecer casi etérea. Y aparte del canto de los pájaros a la hora del crepúsculo, el silencio que la rodeaba era inquietante.

Cuando Kit apagó el motor y se volvió hacia Hal, observó que estaba alterado.

—¿Qué te pasa? Ha habido baches en el sendero hasta aquí, pero espero que no te duela la pierna.

—No, no me duele, pero gracias por preguntar.

Kit se tragó la respuesta automática de que era su trabajo preguntarle cómo estaba y esbozó una leve sonrisa.

—Es una casa fantástica. Tiene que ser maravilloso criarse aquí, con tanto espacio. Mi madre y yo siempre vivimos en espacios reducidos.

—Hace tiempo que quería preguntarte dónde vive tu madre ahora. ¿Está sola o tiene pareja?

Nunca le había resultado fácil hablar de su madre. Aunque Kit tenía su propia vida, y no lo lamentaba, era inevitable que a veces se sintiera culpable por no relacionarse más con su madre. La última vez que habían hablado por teléfono, esta le había dicho que estaba saliendo con un viudo que vivía en el edificio contiguo al suyo. Eran los primeros días, pero tenía la esperanza de que la relación se convirtiera en algo especial.

—Vive en Londres, sola, pero acaba de empezar a salir con un viudo que vive cerca, así que tendrá compañía de vez en cuando. Por cierto, ¿no vas a ver si está tu padre? ¿Te llevo en la silla o prefieres usar las muletas?

—Utilizaré las muletas, ya que prefiero enfrentarme a mi padre estando de pie.

—¿Enfrentarte?

—No he querido decir eso. Venga, vamos.

Mientras se hallaban delante de la imponente puerta, Kit miró de reojo a Hal para ver cómo se sentía. Creía que experimentaba sentimientos encontrados ante el hecho de volver a su casa y ver a su padre. Esperaba que la visita saliera bien. Lo único que le faltaba a Hal era que fuera un fracaso.

—Si no tuviera que agarrarme a las malditas muletas, te tomaría de la mano.

—Estoy aquí para ayudarte, Hal, No debes preocuparte —ella le puso la mano en la espalda.

En ese instante, se abrió la puerta y apareció un hombre de aspecto distinguido, de algo más de sesenta años. Tenía el cabello cano, que debía de haber sido tan fuerte y lustroso como el de su hijo, e iba vestido de modo informal con pantalones de pana y un impermeable. Tenía los ojos castaños como su hijo, al que miró como si estuviera viendo un fantasma.

Kit bajó la mano.

Hal saludó a su padre con timidez.

—Hola, papá. Supongo que te has llevado una sorpresa.

—¿Por qué no me has llamado para decirme que venías?

Tenía la voz resonante de un actor de Shakespeare.

—Puedo volverme a Londres si te molesto —respondió Hal, dolido.

—Por supuesto que no me molestas. Si esperabas sorprenderme, lo has conseguido. Entra, entra. No puedes estar de pie mucho rato con las muletas.

—Te ayudo —dijo Kit mientras volvía a ponerle la mano en la espalda.

—¿Y quién es usted, joven? —preguntó el anciano mirándola de arriba abajo.

—Me llamo Kit Blessington. Su hijo me ha contratado para ayudarle mientras se recupera del accidente.

—¿Ah, sí? —el anciano esbozó una sonrisa burlona—. Soy Henry Treverne, el padre de Hal, como seguramente habrá deducido. Me alegra saber que, por una vez, mi hijo ha buscado ayuda y apoyo cuando lo ha necesitado. Suele insistir en hacer las cosas solo, pero me alegro de que en esta ocasión haya prevalecido el sentido común.

—Gracias por tu voto de confianza —dijo Hal. El esfuerzo de estar erguido, apoyado en las muletas, se reflejó de pronto en su rostro—. ¿Entramos? Mi ayudante y yo aceptaríamos con gusto un café. Ha sido un viaje largo y fatigoso.

—Ve con la señorita al salón mientras busco al ama

de llaves para que nos lo prepare. Sentaos frente a la chimenea para calentaros. Hace frío.

Antes de seguir a su padre, Hal guiñó un ojo a Kit para tranquilizarla, como si supiera que la visita tampoco era fácil para ella.

Capítulo 11

EN EL salón, un fuego acogedor ardía en la chimenea de mármol. Hal experimentó una sensación extraña al entrar en la estancia en la que se había sentado tantas veces a lo largo de los años con su padre y su hermana, como si el pasado solo fuera un sueño que había reaparecido.

Hacía años que los tres no estaban juntos, y era cada vez más difícil que volvieran a estarlo. La unidad familiar que él tanto había deseado que tuviera lugar después del abandono de su madre no se había hecho realidad.

Como no le gustaba la dirección que tomaban sus pensamientos, sobre todo cuando había decidido hacer las paces con su padre, atravesó el salón, cuyo suelo de piedra estaba prácticamente cubierto de alfombras persas, y se sentó con cuidado en uno de los sofás de cuero. Kit se puso a su lado para ayudarlo. Recogió las muletas y las dejó en el suelo, al alcance de la mano de Hal. Después, sonriendo tímidamente, se alejó.

No era la reacción que él se esperaba. Tanto si ella lo reconocía como si no, había un vínculo entre ellos que habían sellado al hacer el amor la noche anterior. Él había dejado de ser un cliente para el que ella trabajaba, y ella había dejado de ser alguien a quien había contratado para que lo ayudara.

Deseaba intensamente tener un contacto más íntimo con ella, o al menos que se sintieran lo bastante a gusto como para sentarse juntos sin pensarlo. Hizo un gesto a Kit para que volviera y tomara asiento a su lado.

Notar su reticencia fue como recibir una bofetada.

—Mejor no lo hago. Puede que tu padre crea que no es muy profesional que me siente a tu lado. Tal vez piense que estoy... que estamos...

Se sonrojó y fue incapaz de acabar la frase. Miró alrededor buscando un sitio adecuado para sentarse. Eligió para ello uno de los sillones que estaban situados frente a él.

—¿Que estamos tramando algo? —concluyó él sonriendo con ironía—. Aunque mi padre no lo apruebe, ¿crees que eso va a impedirme desearte o demostrarle que te deseo?

Hal estaba a punto de enfadarse. La necesidad de abrazar a Kit lo había estado acosando todo el día sin darle tregua. Ella, en cambio, había mantenido una actitud pragmática y compuesta. ¿Cómo iba a convencerla de la profundidad de sus sentimientos, de que no quería tener una aventura sin sentido, sino algo más serio?

Se quitó la chaqueta y la dejó sobre un cojín.

—Te he dicho que no puede ser, que yo... —se detuvo.

—¿Que debes ser sensata?

—Sé que no quieres oírlo, pero...

—Mary, el ama de llaves, nos traerá café y preparará las habitaciones. Supongo que vais a quedaros a dormir.

La interrupción de su padre no podía haber sido más inoportuna, pensó Hal, irritado. Quería tender un puente entre ambos, para eso estaba allí, pero también quería aclarar las cosas con Kit, hacerla ver que no era el playboy mimado que siempre se salía con la suya, como ella creía, que no era un hombre que no dudaría en utilizarla para abandonarla después como habían hecho los novios de su madre con ella. Pero parecía que esa conversación tendría que esperar hasta que estuvieran solos.

–Así es, nos quedaremos. No quiero que Kit conduzca de noche para volver. Por cierto, quiero una habitación en este piso, y Kit también, por si la necesito.

–No hay problema. Y bien, ¿qué tal te ha ido desde el accidente? –le preguntó su padre sentándose en un sillón cerca de Kit.

Su padre le hizo la pregunta en el tono neutro, sin emoción y distante que Hal conocía tan bien. Era demasiado esperar que le preguntara cómo se sentía. Lo más probable era que hubiera sacado el tema del accidente para poder volver a reprenderle por su falta de cuidado y demostrar que el dicho de que el orgullo precedía a la caída era cierto.

Incapaz de contenerse, Hal decidió decepcionarlo.

–Me va muy bien teniendo en cuenta la naturaleza de la lesión.

Miró a Kit y observó que tenía las manos cruzadas en el regazo casi recatadamente y que había agachado la cabeza como si quisiera pasar desapercibida y molestar lo menos posible. ¿Se debía a que se sentía abrumada por la imponente mansión en la que se hallaba y por haber conocido a su padre? ¿Acaso se sentía inferior? Pensar que ella pudiera despreciarse de aquel modo lo enfureció. No conocía a otra mujer, salvo su hermana, que tuviera tanta clase como ella.

—Esta mañana he ido a correr al parque, ¿verdad, Kit?

—Esto es serio. No deberías bromear sobre ello, Henry.

La mirada de desaprobación de su padre y el hecho de que usara la versión más formal de su nombre irritaron a Hal.

—¿Ah, no? Si no podemos reírnos de las vicisitudes de la vida, tendremos que volvernos adictos a los tranquilizantes para sobrevivir. Yo prefiero sentir el dolor a aplacarlo o fingir que no existe.

—Su hijo no bromeaba del todo —intervino Kit en defensa de Hal—. Hemos corrido esta mañana en el parque. Yo corría y lo empujaba en la silla de ruedas.

—¿En serio? ¿Y le parece una buena idea cuando mi hijo se acaba de romper la pierna? ¿Y si se hubiera caído y se hubiera hecho aún más daño?

—Era imposible. ¡Por Dios! Soy una persona adulta, no un niño, y Kit solo trataba de animarme. De todos modos, ¿por qué te choca tanto que alguien quiera divertirse, papá? En la vida no todo tiene que ser serio. ¿Sabes lo que es relajarse?

La expresión alicaída de su padre lo sorprendió.

—Probablemente no —contestó en voz baja—. He considerado que mi responsabilidad a la hora de formar una familia y dejar una buena herencia a mis hijos era fundamental. Al igual que lo fue para mis antepasados. Son asuntos muy serios como para tomarlos a la ligera y pensar en relajarse.

–Eres muy duro contigo mismo. Hace tiempo que Sam y yo somos independientes, papá. Me gustaría que dejaras de trabajar tanto y que pensaras en ti mismo y en lo que te gustaría hacer. Tómate un descanso y vete de vacaciones. Tienes a mucha gente trabajando para ti que podría hacerse cargo de todo en tu ausencia. La finca no va a arruinarse, como temes, porque no estés. Deberías establecer una nueva prioridad: divertirte. E incluso buscar a una mujer agradable.

Su padre le sonrió sorprendido justo cuando se abrió la puerta. Mary entró en el salón con una bandeja con las tazas, una fuente de sándwiches y una cafetera. Era una mujer de mediana edad, de anchas caderas, pelo castaño y un rostro que en su juventud había sido bonito.

Al darse cuenta de que no se la habían presentado, ya que la antigua ama de llaves de su padre se acababa de jubilar, Hal la saludó con una sonrisa.

–Usted debe de ser Mary –dijo mientras ella dejaba la bandeja en la mesa frente a él–. Soy Henry –le tendió la mano.

Claramente sorprendida ante un recibimiento que no se esperaba, la mujer le estrechó la mano y le sonrió.

–Encantada de conocerlo, señor Treverne. Su padre lo alaba continuamente. Siento mucho lo de su accidente, pero estoy segura de que muy pronto volverá a andar. Sírvanse café y sándwiches. Si quieren algo más, díganmelo. Voy a preparar sus habitaciones.

Cuando se hubo marchado, el padre de Hal se recostó en el sillón y suspiró.

–Esa mujer es un soplo de aire fresco. La verdad es que no sé lo que haría sin ella.

Esa sincera confesión, después de que Mary le hubiera dicho que su padre no cesaba de elogiarlo, dejó perplejo a Hal. Cabía la posibilidad de que hubiera juzgado mal a su progenitor.

–Si eso es lo que sientes, lo único que puedo hacer es darte la bienvenida al mundo de los vivos. Bien hecho, papá –miró a Kit y vio que sonreía mostrando su aprobación–. Kit, ¿por qué no vienes y te tomas un sándwich? Tienen una pinta estupenda.

–Mi hijo tiene razón, señorita. ¿Le importaría que la llamara Kit? Debes de tener hambre después del viaje. Tienes que comer algo.

–Gracias.

Cuando se acercó a la mesa, Hal la tomó de la mano y se la apretó. Ella no la retiró inmediatamente, como él pensó que haría, aunque sonrió con timidez.

Hal se dio cuenta de que su padre los miraba, pero le dio igual que fuera testigo de que la relación entre Kit y él no era solo profesional. Sentía por primera vez el deseo de ser totalmente transparente, de ser sincero sobre sus sentimientos y aceptar las consecuencias, por complicadas que fueran.

Algo más tarde, Kit volvía del cuarto de baño e iba a abrir la puerta del salón para entrar cuando oyó que sir Henry le decía a su hijo:

–Te confieso que me atrae la sugerencia que me

has hecho de tomarme un largo descanso. Sé que puedo confiar en que mis empleados se hagan cargo de todo en mi ausencia. Y ya puestos, ¿has vuelto a pensar en la posibilidad de volver a casa y hacerte cargo de la finca? Sé que probablemente no quieras ni oír hablar de ello, pero yo ya soy anciano y la hacienda necesita sangre joven. ¿Has pensando en casarte y formar una familia? ¿Sales con alguna chica que pudiera ser adecuada? La finca es tu herencia, además de tu hogar, y me gustaría que estuvieras al frente de ella con tu familia.

Kit se quedó inmóvil y contuvo el aliento.

–Como últimamente tengo mucho tiempo para reflexionar, he pensado en ti y en la finca –respondió Hal–. Me gustaría volver un día y tomar las riendas con mi esposa y mis hijos, pero no ahora. Lo haré cuando llegue el momento.

–¿Y tienes idea de cuándo será?

Se produjo un silencio, y Hal suspiró.

–No, papá. Tendrás que tener paciencia.

Con el corazón latiéndole a toda prisa, Kit respiró hondo y asió el picaporte con mano temblorosa.

Kit dejó la bolsa de viaje en la cama de la habitación a la que la había conducido Mary y lanzó un hondo suspiro. Estaba física y emocionalmente exhausta. Aunque no lamentaba haber accedido a acompañar a Hal a su antiguo hogar, ya que le parecía que su padre y él estaban tratando sinceramente de solucionar sus diferencias, estaba muy agitada por la conversación que había escuchado entre ambos sobre la posibilidad de que Hal volviera a la finca y asumiera el papel ancestral que había heredado, junto a su esposa y sus hijos.

En su memoria se había fijado sobre todo la pregunta de sir Henry sobre si salía con una mujer agradable y adecuada para ser su esposa.

Se sentía fuera de lugar y muy abatida porque estaba enamorada de un hombre tan claramente lejos de su alcance que era pura fantasía imaginarse un futuro con él.

Kit, por desgracia, no era una de esas mujeres «agradables» ni «adecuadas» que el padre de Hal quería para su hijo, por lo que lo más probable era le doliera eternamente no haber podido compartir la vida con él.

«¡Eres tonta! ¿Cómo puedes ser tan estúpida? ¡Estás repitiendo lo que hizo tu madre!», se reprochó con furia.

Se llevó las manos a la cara y lloró hasta quedarse sin lágrimas. Todo su cuerpo deseaba a Hal. Todo en él, su forma de mirar y sonreír, su sensual olor, incluso el modo de burlarse de ella y provocarla, la condenaba a ser adicta a él de por vida. Era como si la hubiera embrujado y fuera incapaz de librarse del hechizo por mucho que lo intentara.

Pero, como no iba a poder tener a Hal, lo único a lo que podía aspirar era a poseer una casa de su propiedad, un proyecto por el que llevaba trabajando toda la vida. Tal vez, cuando la tuviese, sentiría la satisfacción de haber alcanzado su objetivo.

En cuanto a tener una relación con alguien... Era muy poco probable, ya que Hal Treverne había destruido cualquier posibilidad de que ella volviera a entregarse por completo a otro hombre.

Se quitó los zapatos y el jersey. Después, fue al cuarto de baño. Normalmente, cuando había tenido un mal día, un largo baño caliente le servía de terapia para tranquilizarse y ver las cosas con perspectiva. Pero como sabía que esa noche no sería así, optó por ducharse. Luego, se iría directamente a la cama.

Sir Henry le había sugerido que aprovechara para acostarse pronto porque su hijo y él tenían mucho de que hablar. No debía preocuparse, ya que él ayudaría a Hal a llegar a su habitación y se encargaría de que tomara la medicación, si la necesitaba.

Cada una de sus palabras le había atravesado el corazón como un cuchillo, pues le recordaron que no era imprescindible para cubrir las necesidades de Hal, que él, si quería, podía llamar a un montón de gente para que lo ayudara.

Se preguntó con tristeza si la echaría siquiera de menos cuando ella tuviera que marcharse.

A pesar de que creía que no le quedaban lágrimas, volvió a llorar con desesperación bajo el agua de la ducha.

Cuando por fin salió de la ducha no tenía fuerzas ni para secarse. Asustada, decidió dejar de pensar en Hal y centrarse en los preparativos para ir a acostarse.

Se lavó los dientes, se secó el cabello, deshizo la bolsa de viaje, de la que sacó un pijama, una prenda que era mucho más práctica que la camiseta que llevaba la noche en que Hal la había seducido. Pero ver la prenda no alivió su pesar, ya que le recordó que nunca tendría otra noche de pasión con el hombre al que amaba.

Apagó la lámpara de la mesilla de noche y cerró los ojos con la esperanza de olvidarse de los acontecimientos del día y de todo lo que la atormentaba. Y rogó poder pasar la noche entera durmiendo para recuperar fuerzas y hallar el medio de sobreponerse a su dolor y continuar viviendo como si nada hubiera pasado.

Su madre había tenido que hacerlo más de una vez. Y, si ella había sido capaz de hacerlo, también lo sería su hija.

En su sueño, alguien llamaba a la puerta. El sonido repetitivo no desaparecía y acabó por despertarla. No era un sueño, era real.

Aturdida, se sentó en la cama y miró la puerta. Lo único que vio por debajo de ella fue la luz del pasillo. No había nadie. Incapaz de pensar con claridad, sintió miedo. ¿Seguía soñando? Era difícil de saber.

Cuando nuevos golpes en la puerta rompieron el silencio, esa vez con más fuerza, Kit recordó que la habitación de Hal estaba al lado de la suya. ¿Y si necesitaba urgentemente su ayuda? Se avergonzó de no haber pensado antes que probablemente fuera él quien llamaba.

Apartando las sábanas, se levantó y corrió a abrir la puerta. El corazón ya le golpeaba con fuerza el pecho, incluso antes de haber visto a Hal. Cuando lo hizo, el corazón le latió aún más deprisa. Tenía ojos de sueño, estaba despeinado y la barba había comenzado a crecerle.

–¿Qué te pasa? –preguntó ella.

Él le respondió con una provocativa sonrisa.

–Ahora que te veo, nada, ángel mío.

La cadencia de su voz se transmitió a los músculos de Kit, que se sintió muy débil.

–¿Cuánto tiempo llevas llamando? –preguntó ella con voz ronca–. Creí que estaba soñando.

–No sé cuánto. Pensaba seguir hasta que vinieras a ver quién era, vieras que era yo y me dejaras entrar.

Kit, inconscientemente, trató de cerrarse más la chaqueta del pijama y lo miró incrédula. De pronto, se dio cuenta de que él se apoyaba en las muletas. ¿Acaso su padre no había sacado la silla de ruedas del coche? Ella le había dado las llaves y le había insistido en que no dejara que su hijo fuera a la habitación con las muletas, pues sir Henry ya le había dicho que las habitaciones estaban alejadas, en la parte trasera de la casa.

–¿Estás loco? No debieras haber estado tanto tiempo de pie. Entra y siéntate en la cama durante un rato.

–Esa invitación me suena a música celestial, cariño. No voy a discutírtela.

Hizo una mueca como si hubiera hecho mella en él el esfuerzo de estar erguido.

Kit se reprochó no haber hecho su trabajo como era debido, no haberse quedado con él. Daba igual que hubiera estado con su padre, ya que nadie sabía mejor que ella lo que necesitaba.

Esperó mordiéndose los labios a que Hal entrara y cerrara la puerta. Observó que todavía llevaba puesta la ropa con la que había viajado. No tenía idea de qué hora era, pero era evidente que aún no se había acostado.

¿Cómo estaba levantado a aquellas horas cuando el médico le había dicho que era muy importante que descansara todo lo que pudiera mientras se le curaba la pierna?

–Esto está mejor –Hal suspiró agradecido mientras se sentaba en la cama y le daba a Kit las muletas–. Déjalas por ahí.

Ella las dejó cerca de la cama, donde fueran fácilmente accesibles. Después se cruzó de brazos y le preguntó:

–¿Cómo es que sigues levantado con la hora que es? ¿Quieres hablar de algo que no puede esperar hasta mañana?

Hal pareció reflexionar durante unos segundos.

–Pues sí. Pero antes quiero decirte una cosa. Mi padre y yo hemos tenido una conversación de padre a hijo, probablemente la primera en muchos años. Hace tiempo que deberíamos haberla tenido. Resulta que no cree que yo sea un desastre. Me ha dicho que le impresionan mi éxito y mi valor para practicar deportes de riesgo, aunque es algo que no entiende. Siempre ha creído que soy tan temerario porque no valoro mi vida lo bastante, porque sufro algún tipo de depresión, producto de que mi madre se marchara cuando era tan pequeño. Eso le preocupa mucho.

»Se siente culpable por no haber estado a mi lado todo lo que hubiera deseado, después de que ella se marchara, y desearía que las cosas hubieran sido diferentes. Pero, además de para proteger el legado de Sam y mío, siempre ha estado tan dedicado en cuidar de la finca porque la gente que trabaja para él vive de ella. Por eso la finca es prioritaria para él.

»¿Quién hubiera esperado que fuera tan sincero conmigo? Tenías razón al decirme que viniera a verlo, y me alegro de haberlo hecho. Al saber lo que realmente piensa de mí, han desaparecido muchos de los fantasmas de mi pasado que me impedían descansar. Como todo buen padre, quería lo mejor para sus hijos, aunque yo no siempre pudiera darme cuenta de cuál era su intención. En cualquier caso, estoy contero de que se hayan aclarado los malentendidos.

—Entonces no debería reñirte por no haberte acostado, puesto que algo bueno ha resultado de ello. Pero creo que no deberías seguir levantado mucho más tiempo, a menos que pretendas dedicar el día de mañana a descansar y a tomarte las cosas con calma. Ya es hora de que te acuestes.

—Eso me recuerda la razón principal por la que he llamado a tu puerta. Tengo, desde luego, ganas de irme a la cama, pero no solo. Preferiría tener compañía, y la compañía que más deseo y necesito, y no solo para esta noche, es la tuya, Kit.

Nada había preparado a Kit para la alegría embriagadora que la invadió ante la inesperada confesión de Hal. Se sentía tan abrumada que no halló palabras que expresaran lo que significaba para ella. Pero su felicidad se vio empañada por el recuerdo de la conversación que había oído entre Hal y su padre.

—No puede ser que yo sea la compañía que más necesitas —observó ella con calma— cuando pronto te casarás con una mujer más adecuada que yo.

–¿De qué demonios hablas? ¿Quién te ha dicho que me vaya a casar?

–Es evidente, ¿no? Hasta que llegamos aquí no había entendido la amplitud e importancia de tu herencia. Es comprensible que tengas que casarte con alguien de tu clase si un día vas a heredar esta propiedad.

Hal la miró con el ceño fruncido, como si estuviera hablando en una lengua extranjera que él desconociera. Entonces, de repente, se dio cuenta de lo que había sucedido.

–No habrás oído la conversación que hemos tenido mi padre y yo, ¿verdad? Concretamente, la parte en que me preguntaba si algún día volvería para reclamar mi herencia.

Kit asintió sintiéndose culpable e incómoda.

–No era mi intención, pero lo hice. Volvía del cuarto de baño cuando tu padre... Bueno, no habla precisamente bajo.

Se quedó asombrada cuando Hal lanzó una carcajada.

–Desde luego que no –volvió a ponerse serio y añadió–: ¿Qué más oíste?

–Que le decías que un día te casarías y volverías, pero cuando llegara el momento oportuno, que tuviera paciencia.

–Eso es todo. ¿No oíste nada más?

–No, y fue suficiente.

–¿Suficiente para qué?

–Para convencerme de que debo dejar de engañarme creyendo que vas a querer tener una relación seria conmigo.

—¿Es eso lo que crees, Kit?

Hal frunció el ceño y la agarró de la muñeca para atraerla hacia sí.

Ella se tambaleó durante unos segundos, y trató de recuperar el equilibrio para no caer sobre él. Pero Hal la agarró por la cintura para sostenerla y la miró a los ojos como si no quisiera volver a mirar otra cosa en su vida.

Su olor masculino la envolvió de inmediato, y supo que, aunque tuviera una fuerza de voluntad férrea, no podría negarle nada si le producía placer y lo hacía feliz.

—¿Qué otra cosa quieres que crea?

—¿Qué te parece si te digo que de verdad quiero tener una relación seria contigo?, ¿que me volveré loco si no puedo tener a la mujer que para mí significa más que ninguna otra persona?

A ella se le borraron todos los pensamientos ante sus sinceras palabras. El pesar se esfumó cuando Hal la miró como si ella fuera algo muy valioso por lo que estuviera dispuesto a sacrificar todo lo que tenía.

Capítulo 12

ME CUESTA creerlo –confesó Kit en voz baja.
–Pues créetelo, porque es verdad.

La hermosa voz de Hal estaba ronca de la emoción.

–Puedes marcharte al fin del mundo, Kit, pero, dondequiera que vayas, te juro que te encontraré y te llevaré de vuelta a casa.

A ella se le llenaron los ojos de lágrimas.

–¿Lo dices en serio?

La expresión del rostro de Hal cambió.

–Aunque no siempre esté de acuerdo con lo que dices o haces cuando estamos juntos, y aunque esté seguro de que a veces se producirán roces cuando proteste y defienda mi terreno, te prometo una cosa: nunca te mentiré sobre mis sentimientos. Te doy mi palabra.

–¿De qué sentimientos hablamos, Hal?

En ese momento, no hubiera sido difícil convencer a Kit de que estaba soñando. Que sus deseos se cumplieran no era algo que le sucediese con frecuencia; lo más habitual era que se sintiera decepcionada.

–¿No lo sabes? ¿No lo adivinas? Creía que los había dejado claros.

A Kit, el corazón le latía con tanta fuerza que le resultaba difícil oír a Hal, y mucho más ponerse a especular.

—Si me lo hubieras dejado tan claro, no te lo preguntaría, ¿no te parece?

Hal negó con la cabeza, con expresión de perplejidad.

—Muy bien, te lo diré —afirmó mientras se le oscurecían los ojos—. Estoy loco por ti, Kit. Para dejarlo aún más claro y que no haya posibilidad de confusión: estoy locamente enamorado de ti, y me gustaría pasarme el resto de la vida demostrándote que lo digo en serio, que hablo con el corazón.

Kit lo miró sorprendida, aunque el corazón le saltaba de alegría.

—¿De verdad que me quieres? No soy la clase de mujer que sueles elegir. Soy muy normal. Y no lo digo porque busque que me alabes, sino porque soy realista.

—Pues ya va siendo hora de que percibas otra realidad, Kit, una realidad en la que te des cuenta de lo hermosa, sexy y deseable que eres.

A ella le costaba creer lo que escuchaba.

—¿Sabes una cosa? Me parece que no solo tienes una peligrosa predilección por los deportes de riesgo, sino que eres un hombre peligroso.

—¿Por qué lo dices? —Hal sonrió mientras le retiraba con ternura el cabello de la cara, le ponía la mano en la mejilla y se la acariciaba con el pulgar.

Dentro de su bonito pijama de algodón, los pezones de Kit, ya de por sí sensibles cuando él se hallaba cerca, se endurecieron y se le marcaron bajo el ligero tejido, buscando desesperadamente que él se los acariciara.

–Lo digo porque es verdad. Y la razón de que me resultes peligroso es porque yo también te quiero. Y amar a alguien te vuelve vulnerable, algo que, cuando me fui de casa, me juré que no consentiría que me sucediera, porque la vida con mi madre, la persona a la que más quería, era aterradora.

»Cuando era muy joven, deseaba que tuviéramos cierta estabilidad y un lugar que pudiéramos considerar nuestro. Pero no lo conseguimos, ya que cuando mi madre conocía a un hombre y comenzaba a fiarse de él, este acababa partiéndole el corazón y dejándola sin blanca, por lo que de nuevo teníamos que mudarnos.

»Vivía temiendo constantemente que a mi madre le sucediera algo cuando estaba deprimida y trastornada por un hombre, porque me daba cuenta de lo vulnerable que era. Por eso decidí que eso no me sucedería. Lo último que me esperaba al ir a trabajar para ti era que acabara amándote, Hal.

A pesar de estar maravillada porque él correspondiera a sus sentimientos, sentía ansiedad por el dolor que padecería si algo le sucediera a él o, peor aún, si la abandonaba.

Sin embargo, al darse cuenta de que estaba pensando como acostumbraba, porque se había hecho adulta temiendo que si se relacionaba con un hombre este se portaría con ella del mismo modo que los amigos de su madre, supo que debía confiar en que su camino fuera más esperanzador. De todos modos, quiso comunicar sus miedos a Hal.

–Me he negado a enamorarme durante todo este tiempo porque no tenía el ejemplo de un hombre que fuera sincero y cumpliera su palabra, y porque había visto lo que eso había supuesto para mi madre. Estaba decidida a no repetir sus errores. Pero no estaba preparada para un hombre como tú, Hal –le sonrió–. Ni para el efecto que tendrías sobre mí. Me fascinaste desde el principio, y ese sentimiento fue haciéndose más intenso, hasta el punto de que me resulta imposible analizar con sensatez qué es lo que debo hacer.

–¿Qué te dice el corazón? –le preguntó Hal mientras sus ojos le demostraban lo excitado que estaba.

Incapaz de seguir negando su deseo de acariciarlo, Kit le puso la mano en la nuca y lo atrajo hacia sí lentamente.

–Mi corazón me dice que te bese hasta que me emborrache de tu olor y tu sabor. Aunque he intentado que no fuera así, me resultas irresistible. Pero seguro que ya lo sabes.

–Tratándose de ti, no doy nada por sentado, cariño, pero esperaba que dijeras eso. Y quiero que sepas que siento que tuvieras una infancia y una adolescencia tan difíciles. Pero eso pertenece al pasado. Y, si lo que quieres es una casa propia, te la compraré. Aunque no soy adivino, sé que tu futuro va a ser mucho mejor.

Aunque sus palabras de amor la emocionaron y se quedó tranquila al saber que él entendía que quisiera tener un sitio propio, le hizo una aclaración.

–Ya no quiero una casa propia, Hal –dijo en voz baja–. Me da igual dónde vaya a vivir, siempre que sea contigo. ¿Crees que será posible?

–¿Que si será posible? Ya deberías saber que eso es también lo que yo quiero.

Antes de unir sus labios a los de ella, Hal ya la estaba desabotonando el pijama y metiéndole las manos para tomar en ellas sus senos. Mientras el beso se hacía más profundo y ambos abrían la boca como si estuvieran hambrientos del otro, él le acarició los pezones, duros ya como la piedra, para inflamárselos aún más.

Si Kit pensó algo durante esos segundos, fue en cuánto tiempo y con cuánta pasión él le daría placer, y en si ella le correspondería proporcionándole la misma cantidad.

No tenía que haberse preocupado al respecto. Hal le demostró que era un amante instintivo al seguirle desabotonando el pijama hasta las caderas. Después, le puso la mano entre los muslos y le acarició el sensible botón en el centro húmedo de su feminidad.

Temblando, Kit separó su boca de la de él y apoyó la cabeza en su hombro. No supo que se podía obtener tanto placer hasta haberse enamorado de aquel hombre.

–Por favor, Hal... –la voz se le quebró de deseo.

–No tienes que pedirme nada, cariño –respondió él con voz ronca–. Sé lo que quieres y lo que necesitas. Y lo sé porque siento lo mismo. Te deseo tanto que creo que me moriré si no te tengo.

La besó en el cuello y se lo mordisqueó a la vez. Después, se tumbó en la cama y, tomándola firmemente por las caderas, la colocó sobre él.

–No quiero que te mueras –susurró Kit mientras trataba de bajarle la cremallera de los vaqueros y después estos, tirando de ellos con suavidad. Sintió la urgente necesidad de que la poseyera.

Él no dudó en complacerla. Se bajó los boxers y la penetró al tiempo que la levantaba por las caderas para hacerlo con más profundidad.

Los gritos de placer de Kit resonaron sin inhibiciones en la habitación donde ella antes, aterrorizada, había creído que recibiría la visita de una fantasma.

Desde aquel momento, y gracias a su unión con Hal, sabría que los muros del aquel dormitorio estaban imbuidos de alegría y pasión.

Esclavizados por un deseo que los mantendría unidos buena parte de la noche, el amor eliminó los dolorosos recuerdos del pasado que los acosaban, asegurándoles que el futuro no sería tan terrible como se habían imaginado.

Antes de amanecer, Kit se durmió en brazos de Hal. No se planteó hacer ninguna otra cosa. Sus dudas habían desaparecido.

Estaba tranquila y dispuesta aceptar lo que sucediera después. Si estaban juntos, se veía capaz de enfrentarse a cualquier adversidad y vencerla. Esa fuerza se la daba el amor, que fortalecía en vez de debilitar.

Llevaba años padeciendo por una idea falsa. ¿Qué sentido tenía la vida si no se amaba a alguien, si se temía tanto que te hicieran daño que no se confiaba en la sabiduría del corazón? Buscar garantías y tratar de resolverlo todo en la cabeza no era la respuesta. Había que tomar decisiones guiándose por el amor, no por el miedo.

Kit se prometió que, desde ese momento, ese sería su lema.

Cuando, horas más tarde, abrió los ojos, Hal la examinaba con aire reflexivo, apoyado en un codo. Ella nunca se cansaría de ver, al despertarse, su rostro y su cabello despeinado.

–¿Estás bien? –le preguntó temiendo de repente que hubiera podido necesitarla, pero que no la hubiera despertado por no molestarla.

–Estoy más que bien. Llevo un rato preguntándome cómo he tenido la suerte de conocer a alguien tan bueno y hermoso como tú.

A Kit le resultó difícil no recurrir al humor.

–¿Que has tenido suerte? Algunos pensarían que las circunstancias han sido desastrosas. No sé si recuerdas que te has roto una pierna.

Él frunció el ceño, tomó un mechón del cabello de ella entre sus dedos y lo examinó con interés durante unos segundos.

–Reconozco que me esperaba una respuesta mucho más romántica. Pero una de tus cualidades es ser eminentemente sensata y pragmática, aunque me gustaría saber si también eres soñadora y romántica.

Ella se apresuró a tranquilizarlo.

–Te prometo que lo soy, solo que ser sensata se ha convertido en uno de mis hábitos. Una de las cosas que tendré que conseguir de ahora en adelante es permitirme disfrutar más de la vida, divertirme y portarme como una estúpida si quiero, y sin importarme que lo parezca.

–Me alegra oírlo. Pero tú nunca parecerás estúpida, Kit. Y hablando de conseguir cosas, ¿te acuerdas de cuando entraste en mi despacho y me preguntaste si, aparte de los galardones laborales y deportivos desplegados en la habitación, no había nada más que deseara conseguir?

Ella asintió.

–Lo recuerdo, y también que dijiste que había otras que querías conseguir, lo cual me hizo pensar.

–Ya veo que te acuerdas de todo. En el futuro tendré que tener cuidado de no olvidarme de tu cumpleaños ni de las flores que te gustan, so pena de caer en desgracia.

Hal sonrió, le agarró la mano y se la llevó a los labios.

–Pues bien, lo que me gustaría conseguir por encima de todo es encontrar a la mujer de mis sueños, casarme con ella y formar una familia.

Kit contuvo el aliento.

–Y por eso, te pido que te cases conmigo, Kit.

Ella se sentó en la cama y lo miró.

–¿Lo dices en serio?

–Desde luego que sí. Y créeme, este momento se me quedará grabado en la memoria para siempre –Hal se echó a reír–. Y no solo porque es uno de los más trascendentales de mi vida, sino porque me será imposible olvidar lo que llevabas puesto cuando te pedí que nos casáramos.

–¿Lo que llevaba puesto? Pero si estoy...

Avergonzada, se dio cuenta de que estaba desnuda. Hacía tiempo que el pijama había quedado arrinconado en algún lugar de la habitación. Agarró la colcha y se cubrió los senos.

–¡Desnuda! –Hal completó la frase mientras tiraba

de la colcha y sonreía con lascivia–. Y así quiero que estés. Porque cuando me des una respuesta, y espero que sea la que deseo oír... –hizo una pausa para besarla levemente en los labios y mordisqueárselos– tengo la intención de que nos olvidemos del mundo durante todo el día... –la besó en la unión del cuello con el hombro– y de hacerte el amor apasionadamente.

A Kit le fue difícil responder porque estaba perpleja. Le arrebató la colcha y volvió a cubrirse los senos.

–No me opongo, pero recuerda que no debes exagerar. Hemos estado despiertos casi toda la noche y... ¿Cómo de apasionado piensas ser?

–Ya lo descubrirás, cielo. Y no malgastes más tiempo preocupándote de si exagero o no y deja que me vuelva a declarar, esta vez como es debido.

A Kit se le quitaron las ganas de discutir.

Hal se apartó el pelo de la cara y adoptó una expresión seria.

–Katherine Blessington, ¿me harías el honor de ser mi esposa y hacerme feliz, mucho más feliz de lo que un hombre tiene derecho a aspirar en la Tierra?

–Sí, Henry Treverne, me casaré contigo porque no me imagino la vida sin ti. Te quiero mucho más de lo que las palabras pueden expresar, pero seguiré buscándolas para decírtelo.

Él la abrazó. Y el tiempo pareció quedar mágicamente suspendido.

Hal no sería el único que recordaría aquellos momentos. Kit los guardaría en su corazón hasta el día de su muerte.

Un golpe en la puerta hizo que ella ahogara un grito. El pulso se le aceleró, y lo hizo aún más cuando el padre de Hal preguntó en voz muy alta:

–¿Hal? ¿Estáis tú y la señorita Blessington listos para desayunar? He pensado que podemos hacerlo en el comedor. Mary me ha dicho que lo tendrá preparado dentro de veinte minutos. ¿Tenéis tiempo de ducharos y vestiros?

Hal negó con la cabeza sin parecer sorprendido y con expresión divertida.

–Que sea media hora. Gracias, papá.

–De nada. Me alegro de tenerte en casa, hijo.

Los pasos del anciano se alejaron por el pasillo.

Incrédula, Kit miró a Hal con los ojos como platos

–Parece que tu padre sabía que estabas aquí, conmigo. ¿Cómo ha podido saberlo?

–Le dije anoche que te iba a hacer una visita y a pedirte que nos casáramos. Parece que no va a tener que esperar tanto para recibir una respuesta sobre cuándo voy a casarme y a volver a casa.

–¿Me estás diciendo que le dijiste que me querías y que querías casarte conmigo? ¿Y qué te dijo él? ¿Se sorprendió? Supongo que no se pondría muy contento porque seguro que cree que podrías haber encontrado a alguien mejor que yo. Dime, ¿se enfadó?

–Deja de dudar de ti misma y de torturarte. Por supuesto que no se enfadó. Sabe la suerte que he tenido al conocerte y, desde luego, no cree que hubiera podido elegir mejor. La clase social ha dejado de ser un problema hoy día, y no debería serlo cuando dos personas se quieren. No soy un príncipe azul, sin defectos, así que deja de imaginarme así, Kit. Soy yo el afortunado en esta relación. Y de lo único que mi padre quiere estar seguro es de que estoy con una mujer a la que quiero y que me quiere. Se puso muy contento cuando le dije lo que siento por ti, y él me explicó que sabía que eras especial desde el momento en que te vio. Parece que mi hermana se lo ha confirmado. Habla por teléfono con él al menos una vez al día, y le ha hablado muy bien de ti.

–De acuerdo, me has convencido.

–¿Adónde vas?

Kit apartó las sábanas, se puso a toda prisa los pantalones del pijama y agarró la chaquetilla que estaba sobre la cama. El cabello le cayó como una cascada sobre los hombros y los senos, y Hal pensó que parecía un encantador duendecillo de uno de los cuentos de hadas de su infancia, pero un duende pelirrojo y muy sexy. Tuvo ganas de pellizcarse para comprobar que no había soñado que ella había aceptado casarse con él.

–Voy a ducharme y a vestirme. No sé lo que harás tú, pero yo no voy a rechazar el desayuno. Cuando acabe, vendré a ayudarte.

Hal maldijo en voz alta y, acompañándolo en su frustración, la pierna le empezó a doler.

–Bastante malo es ya tener que aceptar que te duches sola cuando quisiera hacerlo contigo, aunque no puedo hacer nada al respecto. Pero sufrir además la ofensa de que me mires con esos grandes ojos azules de bebé como si fuera un pobre inválido... –lanzó otro improperio y se apartó el cabello de la frente con gesto impaciente–. ¡No te haces una idea de lo que daría por ser capaz de levantarme y llevarte yo mismo a la maldita ducha!

–Te equivocas, Hal.

La voz de Kit era más tierna y compasiva de lo que nunca había oído. Ella volvió a su lado y se sentó con cuidado en la cama.

Tomó su mano entre las suyas y le dijo:

–Sé cuánto afecta a tu autoestima y a tu orgullo no poder hacer las cosas que hacías antes del accidente. Pero, sinceramente, a la velocidad que estás progresando, pronto andarás de nuevo, estarás en plena forma y me perseguirás por la cocina para besarme.

–¿Y para ducharme contigo?

A pesar de lo enfadado que se había puesto, la voz consoladora de Kit lo había calmado. Observó con placer que ella se sonrojaba.

–Estoy deseando que llegue el momento.

–Bueno, será mejor que vayas a ducharte para que no se eche a perder el desayuno prometido, ¿no te parece?

–Claro que sí. Algo me dice que voy a necesitar muchos desayunos para recuperar fuerzas si quiero satisfacer tus insaciables exigencias.

Lo besó en la mejilla, se levantó y se metió en el cuarto de baño.

Epílogo

Un año después

Como sabía que su intrépido esposo estaba impaciente por marcharse a la montaña por primera vez desde que se había restablecido por completo de la rotura de la pierna, e iba a escalar el Ben Nevis, la montaña más alta de Inglaterra, Kit vaciló ante la puerta del dormitorio del ala en que habían establecido su hogar en Falteringham House.

Se habían trasladado allí poco después de casarse porque él había decidido que había llegado el momento de volver al hogar de sus antepasados y de que su padre le enseñara a llevar la finca. Kit estuvo de acuerdo.

Aunque no era fácil acostumbrarse a vivir en un sitio tan magnífico, se estaba adaptando bien. Se quedó encantada cuando su suegro, sir Henry, le propuso que se encargara de lo referente a las relaciones públicas de la propiedad. Se sentía en aquel trabajo como pez en el agua.

En aquel momento, Hal estaba ocupado haciendo el equipaje para marcharse al Ben Nevis, y ella se mordió los labios ansiosamente al pensar en la aventura que lo esperaba. Solo estaría fuera el fin de semana, pero separarse de él, aunque fuera por poco tiempo, era una tortura para ella.

A veces, hubiera jurado que eran las dos mitades de una misma alma, e incluso después de un año de matrimonio su mutuo deseo no había disminuido, sino que se había incrementado.

Ella le había prometido el día de la boda que no intentaría impedirle que practicara los deportes y corriera las aventuras que tanto le gustaban solo porque tuviera miedo de los posibles peligros que tuviera que afrontar. Hal era un esposo cariñoso y entregado, y desafiarse a sí mismo formaba parte de su personalidad. Kit no quería que cambiara.

Pero ese día tenía un buen motivo para cambiar de opinión.

Respiró hondo y llamó a la puerta.

—Sé que estás ocupado, Hal, pero ¿puedo entrar un momento?

Antes de que terminara de hablar, él ya le había abierto y, como si lo viera de pie por primera vez, el corazón de Kit se detuvo durante un segundo. Hal llevaba puestos unos vaqueros descoloridos y una camisa azul oscuro, y sus ojos brillaron de placer en cuanto vio a su esposa.

Inmediatamente, la abrazó por la cintura para atraerla hacia sí.

—¿Desde cuándo tienes que llamar a la puerta y pedirme permiso para entrar? Esta habitación también es la tuya, cariño.

—Ya lo sé —ella sonrió, pero le temblaba la voz—. Solo he venido a ver cómo ibas con el equipaje por si necesitabas ayuda.

–No hay manera de que dejes de ofrecerme ayuda, ¿verdad? –Hal bajó la cabeza y le rozó los labios con los suyos–. Sé que lo haces con buena intención, cielo, pero llevo escalando mucho años, por lo que ya sé cómo hacerme el equipaje y lo que quiero llevar. Pero eso no es todo, ¿verdad? Ese no es el motivo de que hayas venido a hablar conmigo. Sé que no has estado del todo bien desde que llegamos de Marruecos hace unas semanas. ¿No crees que se debe a algo que comiste allí?

–No, Hal, no es por algo que haya comido –Kit lo miró con aprensión–. Acabo de enterarme de que estoy embarazada.

–¿Cómo?

Hal puso tal cara de sorpresa que resultó cómica.

–Estoy embarazada.

–¿Cómo lo sabes? ¿Has ido al médico?

A ella se le hizo un nudo en el estómago ante el tono de incredulidad de su esposo.

–¿No me crees?

–Si me dices que es verdad, claro que te creo, pero ¿cómo sabes que no te equivocas? ¿No puede ser simplemente un dolor de tripa? Creo que circula un virus que...

–He comprado una prueba de embarazo, y el resultado ha sido positivo. Voy a tener un bebé, Hal. ¿Te importa? Sé que podía haberte dado la noticia en un momento más adecuado, ya que vas a hacer tu primera excursión a la montaña desde que tuviste el accidente, pero espero que, al saberlo, decidas tener el doble de cuidado cuando estés allí y que vuelvas lo antes posible a casa para que lo celebremos.

–Voy a ser padre... ¡Vamos a ser padres!

La abrazó, la levantó del suelo y comenzó a girar con ella por la habitación. Después la besó apasionadamente hasta que ella tuvo que apartarlo para respirar.

Se sentía aliviada al ver que él compartía su alegría de tener un hijo. Le tomó la cara entre las manos y le sonrió tiernamente.

–Estoy muy contenta de que te alegre tanto. Tenía miedo de que no fuera así.

Él la miró desconcertado.

–¿Cómo se te ha podido ocurrir semejante cosa? El día que te pedí que te casaras conmigo, te dije que lo que más deseaba en el mundo era casarme con la mujer de mis sueños y formar una familia. ¿No lo recuerdas?

Kit suspiró mientras Hal la depositaba en el suelo.

–Lo recuerdo, amor mío, pero no está en tu naturaleza conformarte con formar una familia, y no te estoy criticando. Sé que tienes que llevar la finca, pero eso no es motivo para no hacer las cosas que te gustan, practicar los deportes y afrontar los desafíos que tanto placer te causan. No me importa, con tal de que me prometas no correr riesgos innecesarios, porque quiero que vuelvas a casa sano y salvo por mí y por nuestros hijos. No serías el hombre intrépido y valiente con el que me casé si tratara de cambiarte. Te quiero como eres.

–Y yo te adoro. Y te prometo que, de ahora en adelante, no me arriesgaré si no es necesario. Nuestros hijos y tú siempre seréis lo más importante para mí. Y hablando de celebrar la buena noticia... Aún falta un rato para marcharme, así que ¿por qué no empezamos a celebrarlo?

Ya la estaba empujando suavemente hacia la enorme cama, y a Kit no se le ocurrió protestar, aunque no se sintiera bien del todo.

Hal y su matrimonio lo eran todo para ella, y mientras estuviera viva no desaprovecharía ninguna oportunidad de demostrárselo a su marido.

Bianca

Estarían juntos treinta días… y treinta noches

Ashley Jones llevaba horas esperando ante el despacho de Sebastian Cruz. Tras las imponentes puertas de madera se encontraba el hombre que le había robado la isla de su familia, su hogar. Y quería recuperarla.

Pero su afán de lucha se desvaneció cuando Ashley descubrió que era un hombre al que conocía íntimamente: un hombre que la había traicionado tras una apasionada noche juntos. Sebastian no tenía ninguna intención de devolver la isla, pero deseaba a Ashley, así que hizo un trato con ella con ciertas condiciones. En concreto, que estuviera un mes a su disposición, ¡y en su cama!

HARLEQUIN Bianca

Susanna Carr
Una isla y un amor

Una isla y un amor

Susanna Carr

EL HIJO PERDIDO

JANICE MAYNARD

Consciente de que toda su vida había sido una mentira, Pierce Avery contrató a Nicola Parrish para encontrar respuestas. Descubrir que su padre no era su padre biológico había sido desconcertante; conocer a la deseable mujer que había tras la fachada profesional de su abogada lo iba a llevar al límite.

Sin embargo, su creciente pasión por Nicola podía estar cegándolo acerca de los verdaderos motivos para conocer la verdad de su pasado. Su corazón estaba listo para más, pero ¿realmente podía confiar en ella?

Desenterrando las verdades

¡YA EN TU PUNTO DE VENTA!

Era un hombre al que no podía decirle que no

Tabby Glover era una joven de lengua afilada, independiente y rebelde, que estaba dispuesta a hacer cualquier cosa para que el multimillonario griego Acheron Dimitrakos la apoyase en la adopción de una niña que, al mismo tiempo, era hija de un primo lejano suyo. ¡Pero lo último que esperaba era una propuesta de matrimonio!

Solo podía decirle que sí, aunque el arrogante magnate la tratase con desprecio. Entonces, se enteró de que él también tenía sus motivos. ¿Se convertiría su matrimonio en algo más que una farsa mientras el delgado velo que separaba la verdad de las mentiras se levantaba?

Entre la verdad y las mentiras

Lynne Graham